D1368999

Aucune édition, impression, adaptation ou reproduction de ce texte, par quelque procédé que ce soit, tant électronique que mécanique, en particulier par photocopie ou par microfilm, ne peut être faite sans l'autorisation écrite de l'éditeur.

Conception graphique de la couverture : Michel Têtu
Illustration : Jean-Pierre Normand

© Les éditions Héritage inc. 1980, 2000
Tous droits réservés

Dépôts légaux : 4e trimestre 1980
Bibliothèque nationale du Québec
Bibliothèque nationale du Canada

ISBN : 2-7625-3403-8

Imprimé au Canada

20   19   18   17   16

LES ÉDITIONS HÉRITAGE INC.
300, rue Arran, Saint-Lambert, Qué. J4R 1K5
Téléphone : (514) 875-0327
Télécopieur : (450) 672-5448
Courriel : info@editionsheritage.com

SUZANNE MARTEL

SURRÉAL 3000

Les éditions
Héritage inc.

à Paul, Bernard, Luc et Eric,
mes quatre fils aînés

INTRODUCTION

Surréal, c'est le nom de la cité souterraine qui prit naissance lorsque quelques centaines de personnes se réfugièrent sous le Mont-Royal, pour échapper à la Grande Destruction.

Alors que le vent de la mort soufflait sur le globe terrestre, les survivants apportèrent le flambeau de la civilisation au plus profond des entrailles de la terre. A l'aide d'une technologie de plus en plus poussée, ils tirèrent du roc l'énergie électrique et des moyens de subsistance inconnus jusqu'alors.

De siècle en siècle, telle une fourmilière gigantesque, la cité grandit et les traditions prirent corps, toujours dominées cependant par le culte de la paix sous toutes ses formes.

Au moment où commence le récit, des événements surviennent qui mettent en danger la vie même de la communauté. Des jeunes garçons se retrouvent en plein drame, non seulement à l'intérieur, mais aussi à l'extérieur de la Cité et leur courage est soumis à de rudes épreuves. C'est l'avenir de Surréal qui se décide.

1

L'aventure de Luc

— Il ne faut pas qu'on nous voie.

Les petits garçons regardent autour d'eux pour s'assurer qu'ils sont bien seuls.

Le long tunnel de marbre blanc s'étend à perte de vue, baigné par une douce lumière. Ce coin de la cité souterraine est peu fréquenté, à cause de sa proximité de la surface. D'ailleurs aucune station d'express ne s'y trouve, et c'est pourquoi Luc et Eric ont dû parcourir le dernier mille sur le trottoir roulant.

Les longs rubans mobiles glissent côte à côte sans bruit et sans fin, l'un vers le sud, l'autre vers le nord.

De chaque côté, dans leur cage de plastique transparent les wagons de l'express filent par groupes de dix, toutes les minutes.

Les deux amis marquent le pas, laissant le trottoir filer sous eux, et attendent le moment où les express du nord et du sud se croisant leur assureront quelques secondes de solitude.

Le climatiseur ronronne paisiblement, mais les

enfants ne l'entendent même plus. De ce murmure dépend leur existence et celle des habitants de Surréal.

Dans un bruissement rapide, l'express sud passe à la hauteur de leurs yeux. Trois secondes plus tard, celui du nord le croise. Tous deux sont déserts. Tant mieux, car les excursions de ce côté peuvent facilement paraître suspectes.

— Allons-y.

D'un bond, Luc franchit les marches de marbre entraînant Eric à sa suite. Ils courent à toutes jambes sur la plateforme. A droite, une galerie étroite s'enfonce dans le mur, barricadée à son extrémité par une porte scellée; un système d'alarme compliqué avertirait immédiatement la cité d'invasions possibles, ou même du désir de quelque insensé de fuir la sécurité du refuge souterrain pour affronter les périls mortels de l'extérieur.

Tous ceux, et il y en eut quatre dans l'histoire de la cité vieille de mille ans, qui ont tenté de franchir la Porte-Frontière, ont été considérés comme des fous dangereux et traités comme tels. Personne ne devait plus jamais entendre parler d'eux.

Prudemment, Luc s'avance vers la porte, et il s'arrête à quelques pieds de l'œil magique qui révélerait sa présence et déclencherait l'alarme.

Son cœur bat fort. Depuis qu'il est tout petit, il a été invinciblement attiré par cette porte. Et dernièrement l'impulsion a été si forte que chaque jour après la classe, il se retrouve à la frontière.

C'est ainsi qu'il a découvert le passage secret. Et sa grande aventure a commencé. Son meilleur ami, Eric 6 B 12 en est le premier confident.

A cet endroit, les plaques de marbre qui forment la surface ininterrompue des murs se sont disjointes et une fissure est ouverte. Le mois précédent, un tremblement de terre avait ébranlé Surréal, jetant la terreur et provoquant une panne d'électricité qui arrêta momentanément le système d'air synthétique, source de vie de la cité. Les moteurs auxiliaires durent même entrer en action pour une douzaine de minutes.

Le grondement sourd se répercuta sous les voûtes souterraines, des lézardes fendirent les murs blancs et une fine poussière de pierre se répandit sur la cité. Puis, tout rentra dans l'ordre et seul l'écho répéta longuement un roulement de tonnerre.

La panique avait été évitée de justesse, apaisée par les voix rassurantes du Grand Conseil sur les ondes sonores. Plus tard, le Conseil assura que les instruments sismographiques ne prévoyaient pas d'autres tremblements de terre, bien qu'on ne s'expliquait pas comment ces instruments de précision aient pu être mystérieusement pris en défaut cette fois-là. Cependant, il ne fallait plus craindre. Les grands moteurs scellés depuis des siècles avaient repris leur marche.

Mais depuis ce jour, les sources d'électricité dont dépendait la vie souterraine semblaient avoir été affaiblies. Les lumières baissaient perceptiblement parfois, et les trottoirs ralentissaient.

Par précaution, on avait distribué à chaque citoyen une trousse d'urgence. C'est pourquoi les deux enfants portaient en bandoulière un léger tube de plastique contenant un masque à air et un casque lumineux.

Par une curieuse coïncidence, ces appareils qui devaient assurer sa survie sous la terre avaient poussé Luc à percer les mystères du monde extérieur. Sans son casque lumineux, aurait-il osé s'aventurer dans la faille sombre ouverte à même le roc? Et sans le masque à air, aurait-il bravé l'atmosphère empoisonnée de la surface?

A quatre pattes, Luc se glisse résolument dans la fissure étroite et se redresse après quelques pieds. Eric, terrifié, n'ose le suivre.

— Viens. Mais viens donc! Tu vas être repéré par le radar d'alarme!

— J'ai peur.

— Tu m'as promis de me suivre.

A contrecœur, Eric s'introduit dans le trou sombre. Son sac de classe racle le plafond bas, il s'empêtre le genou dans sa trousse d'urgence et sa tunique blanche s'accroche à une pierre. La voix calme de Luc le rassure.

Le petit garçon, dans ses expéditions journalières, a développé une technique rapide. Accroupi sur les genoux, il ouvre le tube de plastique et se coiffe d'une petite calotte blanche. Il tourne un gros bouton fixé sur le devant et, propagé par les ondes électriques du cerveau, un faisceau lumineux en jaillit aussitôt. Puis il glisse sur son front un masque transparent qui couvrira son nez et sa bouche et lui assurera une provision d'air pour six heures.

— Vite, prépare-toi.

Eric, comme tous les enfants de Surréal, s'est amusé pendant plusieurs jours à essayer le casque et le masque, mais il n'a jamais cru en avoir réellement besoin. Il lui semble que c'est presque une profanation de défier le Grand Conseil avec ses propres armes. Il met le casque et après quelques tâtonnements produit lui aussi un rayon de lumière.

— Voilà la preuve que tu as un cerveau, taquine Luc.

Eric ajuste la courroie de son masque quand Luc pose la main sur son bras.

— Tu vas d'abord me jurer de ne pas dévoiler mon secret. Jamais je n'en ai parlé à personne, pas même à mon frère Paul.

— Je te le jure.

— Ce n'est pas assez. Fais-moi le Grand Serment de Surréal.

Agenouillés l'un en face de l'autre dans le tunnel de pierre sombre, les deux amis s'éclairent mutuellement de leurs rayons lumineux. Leurs courtes tuniques blanches captent la clarté et leurs figures sont sérieuses. L'instant est solennel.

Eric lève la main droite.

— Moi, Eric 6 B 12, je te jure sur le Premier Moteur de ne révéler ton secret à personne. Jamais. Sinon...

Il s'arrête, hésitant.

— Continue, le presse Luc.

Eric récite rapidement, tout d'un trait, la terrible malédiction des habitants de la cité souterraine:

— Sinon, que je sois rejeté à l'extérieur pour y périr horriblement.

Luc, satisfait, ajuste son masque. A son tour, Eric l'arrête.

— Mais c'est ridicule. C'est justement ce que nous allons faire, aller à l'extérieur. Et si nous y périssons horriblement?

La peur le reprend. Luc, qui a déjà eu tant de difficultés à le convaincre de l'accompagner, regrette son choix de la formule malheureuse.

— Puisque je t'assure qu'il n'y a aucun danger.

— Comment le sais-tu?

— Parce que j'en suis sûr, dit Luc avec assurance. Et puis, j'y suis venu tous les jours depuis une semaine et tu vois, je suis bien vivant.

Il détache son sac de classe et l'appuie au mur. Sous les rouleaux de dicta-vision où sont enregistrés ses devoirs du lendemain, il a dissimulé quatre sacs de polythène. Il s'en sert pour recouvrir ses sandales et celles de son ami, fixant avec une corde ces couvre-chaussures improvisés.

— Tu penses à tout, admire Eric.

— Il ne faut pas attirer l'attention, à notre retour.

Dans la ville immaculée, des souliers poussiéreux ou boueux créeraient une dangereuse sensation.

Tirant son ami par la main, Luc s'engage avec confiance dans l'étroit corridor creusé à même le roc.

La voix étouffée par son masque, Luc parle sans arrêt pour encourager son ami.

— Tu vas voir des choses extraordinaires. Tout ce qu'on nous a montré dans les vieux livres et en vision reproductive n'est rien à côté de la réalité. L'espace sidéral est bleu et immense, l'astre-soleil chauffe nos mains et le sol est couvert de plantes herbacées vertes.

Le tunnel monte en pente raide, à peine assez

large pour permettre aux garçons de s'y faufiler. La pente s'accentue rapidement. A un tournant, le passage débouche brusquement dans une galerie plus large, où une bouffée d'air froid les glace. L'humidité suinte sur les murs couverts d'une mousse visqueuse. Très loin, un point lumineux indique la sortie à l'Air Libre.

Éric s'arrête de nouveau.

— Et les radiations dont on nous parle?

— C'est fini tout ça, depuis longtemps. — Luc est catégorique.

— Comment le sais-tu?

— Je ne sais pas, mais j'en suis sûr, répète de nouveau Luc avec une calme conviction. Lui-même ne sait pas comment cette certitude s'est emparée de lui, mais une voix intérieure semble le rassurer. Plus il s'approche de l'extérieur et plus il se sent attiré vers ce monde extraordinaire où jadis vivaient les hommes avant la Destruction.

A mesure qu'ils avancent, leurs rayons lumineux s'affaiblissent, luttant contre la lumière du jour.

— Ce devait être l'entrée de la cité, autrefois, dit Eric avec émerveillement.

— Oui, et le tremblement de terre a ouvert le passage qui contourne la Porte-Frontière.

— Mais comment as-tu pu te décider à entrer seul dans le rocher? — Eric n'aurait jamais soupçonné le tranquille Luc de tant de courage.

Pour ces enfants élevés dans des espaces clos, la claustrophobie n'existe pas, mais, accoutumés à un monde restreint et familier, ils craignent instinctivement l'inconnu.

— C'est comme si une voix m'appelait, explique

Luc qui ne comprend pas très bien lui-même, maintenant qu'il la considère avec les yeux de son ami, comment sa première expédition lui a semblé si naturelle, presque instinctive.

— Il fait froid. — Les enfants habitués à une température uniforme grelottent sous leurs vêtements légers.

— Attends. A l'Air Libre, il fera chaud.

2

L'Air Libre

Les derniers mots de Luc ont fait frémir Eric. Depuis toujours, il a appris que l'air de l'extérieur est saturé de gaz mortels, de radiations atomiques, que la nature a été dévastée par la Grande Destruction, que rien n'a survécu, ni homme, ni bête, ni plante.

Seuls, ceux qui ont trouvé refuge dans les souterrains creusés à même le Mont-Royal ont été sauvés. Ces quelques centaines de privilégiés ont scellé les portes de plomb derrière eux et ils ont fondé la cité. Au-dessus d'eux mourait le monde civilisé, détruit par la bêtise des hommes et les guerres atomiques.

Et voilà que, pour la première fois depuis au delà de mille ans, deux enfants osent braver l'inconnu redoutable. Leur curiosité devant la vie les pousse vers les horizons nouveaux, comme autrefois l'ardeur de leurs ancêtres pionniers avait forcé les frontières des mondes inexplorés.

Un bruit étrange, semblable à celui des cascades souterraines, les arrête.

— Qu'est-ce que c'est? demande Eric. Luc lui-même s'inquiète.

— Je ne sais pas. C'est la première fois que j'entends cela. Attends.

Et laissant son ami, il s'avance vers la bouche du tunnel. O surprise! Une nappe d'eau continue en obstrue l'entrée et s'écoule sans fin, dans un clapotis monotone.

Eric n'a pas du tout l'intention d'être abandonné dans ce lieu inconnu. D'un bond, il rejoint Luc à l'orifice.

— Comme c'est grand! — Sa première impression du monde en est une d'immensité qui lui coupe le souffle. Ses yeux, peu habitués aux distances, ne savent où se poser. Pourtant l'horizon lumineux est bien limité par la brume.

Après quelques secondes d'admiration muette, Eric se tourne vers son ami.

— Mais je ne vois pas de bleu, ni de vert. Et je ne sens certainement pas de chaleur.

Luc semble atterré.

— Je n'y comprends rien, dit-il en tendant la main vers l'ondée froide. Où le soleil devait briller dans l'azur bleu, il ne voit qu'un ciel lourd de nuages gris. Le brouillard masque les arbres et les montagnes tandis que l'eau ruisselle sur ce paysage désolé.

— Ce doit être le phénomène atmosphérique de la pluie, remarque Eric, fort en science livresque. Il frissonne.

— Si nous prenons froid, l'enquêteur médical voudra savoir où nous sommes allés. Il vaut mieux rentrer. — Ce spectacle terne et gris le déçoit beaucoup après les descriptions lyriques de Luc. Ça ne valait peut-être pas le risque d'encourir les sanctions terribles du Grand Conseil.

Pour ne pas peiner son ami, Eric propose sans conviction: «Nous reviendrons».

Les deux enfants replongent dans les profondeurs de la terre, vers l'ambiance lumineuse et familière de Surréal. Luc a le cœur lourd. Il a été trahi par cette nature qu'il a appris si vite à aimer, et qu'il voulait tant partager avec son meilleur ami. Peut-être est-ce un rêve réservé pour lui seul et où il sera condamné à la solitude? Car pas une seconde, Luc ne doute que son existence se déroulera un jour à l'air libre.

A l'endroit où ils ont abandonné leurs sacs, les garçons enlèvent leurs masques et les couvre-chaussures de polythène boueux qui protégeaient leurs pieds.

— Laissons-les ici pour une autre fois, conseille Luc.

Heureusement leurs tuniques blanches sont réversibles, et malgré l'humidité qui les transit lorsqu'ils les remettent à l'envers, rien ne trahit leur excursion extra-terrestre. Ils s'inspectent mutuellement et essuient leur visage avec leur mouchoir.

Endossant sac et trousse d'urgence, ils rampent vers la lumière et s'arrêtent prudemment à l'entrée de la voie-express.

Les deux bruissements successifs les avertissent du passage des express du nord et du sud et, d'un bond, ils sautent sur le premier trottoir. Avec l'habileté née d'une longue pratique, ils traversent sa surface mouvante et s'engagent sur le ruban opposé.

Comme tous les gamins de Surréal, ils savent par une course légère décupler leur vitesse sur le trottoir trop lent à leur goût.

— N'oublie pas le Grand Serment, halète Luc.

Eric, moqueur, déclame:

— Sinon, que je sois rejeté à l'extérieur pour y périr horriblement.

Ils sourient tous les deux, complices. Pour eux seuls, de tous les habitants de ce monde souterrain, la menace a perdu son efficacité.

Au premier terminus, l'air faussement calme, les amis se glissent sur un banc de l'express nord, occupé maintenant par quelques travailleurs qui rentrent de l'ouvrage. On les regarde sans curiosité. L'exploration de la cité a toujours été le grand sport des enfants de Surréal.

Un haut-parleur répète inlassablement les nouvelles:

— On prévoit une prolongation prochaine du couvre-feu afin de ménager les réserves d'énergie électrique, affaiblies depuis le récent séisme. Cette mesure temporaire entrera en vigueur dès le sixième jour et la nuit sera de treize heures pour une période indéterminée.

Eric se désole:

— Si ça continue, nous n'aurons plus le temps de jouer.

— Evidemment, dit Luc, toujours raisonnable, ils vont couper les récréations avant les études.

— Voici mon terminus. — Eric se lève. — A demain Luc.

— N'oublie pas de mettre ta tunique dans l'auto-laveuse, lui souffle son complice.

— Je n'oublierai pas, sinon... Eric bondit hors de l'express et saute sur le trottoir roulant qui s'engage dans le corridor transversal où se trouve la porte de sa demeure.

3

La famille d'Eric

Pendant quelques minutes, Eric glisse avec le trottoir le long de sa rue, une allée large de vingt pieds. Des voisins le suivent et le précèdent, d'autres le croisent venant de l'est.

Tout en causant ou se saluant, chacun surveille du coin de l'œil les numéros inscrits sur les portes blanches toutes semblables qui, tous les trente pieds, percent les murs parallèles.

Dans ces corridors uniformes, un moment de distraction suffit et vous vous retrouvez à cent pieds de chez vous.

Devant le numéro 54-12-146, Eric franchit légèrement le trottoir inverse et saute sur le seuil de marbre. Il passe son bracelet matricule devant le cadran contrôleur électronique et, répondant à des ondes connues, la porte glisse dans le mur et se referme silencieusement sur ses talons.

Le voilà dans le vestibule d'entrée, un cube blanc percé de quatre portes: celle de la rue, celle de la demeure en face, celle des visites-amies à droite et celle de la salle de propreté à gauche.

Un pas de ce côté et il se retrouve sur la plaque rouge de stérilisation où des rayons invisibles détruisent tous les microbes de l'extérieur susceptibles de nuire à la santé des habitants de la maison où il pénètre.

— Aujourd'hui au moins, vous allez avoir des microbes intéressants à détruire, marmonne Eric, en pensant aux bactéries de l'air libre.

Comme pour lui répondre, une lumière rouge s'allume sur le mur, lui annonçant sans le surprendre que l'inspecteur-robot de l'hygiène ne le juge pas assez propre pour lui autoriser l'accès de la demeure. Des traces de poussière et de boue ont alerté le mécanisme et déclenché le signal: *conseille une toilette immédiate*. S'il passait outre, le Cerveau électronique en prendrait note et, dès le lendemain, il recevrait par télétype un démérite du Conseil d'Hygiène. Plusieurs démérites entraînent une sanction du Grand Conseil et des sanctions répétées s'accumulant dans un dossier, peuvent disqualifier le coupable comme citoyen de Première Classe.

Eric tient beaucoup à son statut de Première Classe qui lui permettra des études avancées et un avenir intéressant car, même à neuf ans, un citoyen de Surréal a déjà un sens profond de ses responsabilités civiques.

Le garçonnet résigné pénètre donc dans la salle de propreté; il dépose son sac de classe et sa trousse de secours, il glisse sa tunique boueuse et même ses sandales de plastique noires dans l'auto-laveuse. Puis il s'enferme dans la cabine de douche où il presse distraitement un des multiples boutons du cadran de contrôle.

Aussitôt Eric pousse une exclamation de détresse:

— Ah non! pas encore!

Il s'est offert par erreur le traitement prévu pour son frère Bernard, un jeune athlète amateur de contrastes violents. Un jet savonneux et brûlant le fouette, aussitôt suivi d'une douche glacée qui lui coupe le souffle. Puis une véritable tempête d'air séchant l'enveloppe, le laissant pantelant et resplendissant.

Et c'est un petit garçon furieux qui ouvre l'armoire pour y reprendre la tunique fraîche et les sandales brillantes que l'auto-laveuse a substituées à ses vêtements maculés.

Une gorgée de lave-dent, un nettoyage rapide de son sac et le voilà prêt à affronter l'inspecteur-robot qui cette fois le bénit de son signal vert.

— Que de soucis pour rentrer chez soi, pense l'enfant en franchissant enfin le seuil de la demeure.

Dans la salle carrée aux murs blancs, sa mère cause avec une amie au visaphone installé dans le bras de son fauteuil. En voyant entrer son cadet, elle lui sourit gentiment. Eric se penche pour embrasser sa mère, prenant bien soin de passer dans le champ de vision du minuscule écran.

— Ah! je vois que votre fils arrive. Je vous reparlerai demain. Et, tel que souhaité par le rusé compère, l'amie s'efface avec complaisance.

— Les autres ne sont pas rentrés? demande Eric en voyant les fauteuils vides de son père et de Bernard.

— Non, il y a eu des ennuis à la Centrale

électrique. Les ingénieurs tentent d'en trouver la cause et ton père m'a visaphoné que Bernard l'avait rejoint. Ils arriveront un peu plus tard.

Le garçon jette son sac dans le fauteuil pivotant de plasti-mousse noir, fait à sa mesure et qui constitue avec ceux de ses parents et de son frère le seul mobilier de cette salle nue. Au fond de la pièce se trouve le mur-écran dont la forme arrondie assure une visibilité égale à tous les occupants.

— Je vais décorer pour ce soir, annonce-t-il en se dirigeant vers l'auto-tableau de gauche. Placé entre les deux portes des cubes-de-nuit de ses parents, ce cadre vide l'attire toujours avec son clavier de manettes linéaires et de boutons multicolores. Habilement, utilisant les manivelles comme un peintre ses pinceaux, le jeune artiste crée les couleurs vives et les lignes géométriques d'un dessin très réussi. D'un dernier tour de clef, il signe son œuvre et se dirige vers le mur opposé où un second auto-tableau occupe l'espace entre son cube et celui de son frère.

— Il est très bien, ton tableau, le félicite sa mère. Puis elle ajoute sans bouger:

— Je vais préparer la table. Le bras droit de son fauteuil contient une série impressionnante de boutons. Elle en presse un et une table blanche à la surface luisante surgit du plancher entre les fauteuils.

— Eric, tu devrais prendre un revigorant en attendant ton père. Comment le veux-tu?

— Rouge, sucré et chaud. Un bout de langue dépassant entre ses dents pour aider sa concentration, le dessinateur s'efforce de reproduire un effet de brume comme cette machine de précision n'en a jamais conçu et comme ce monde caché n'en a pas encore vu.

Au microphone invisible dissimulé dans la table, madame 6 B 12 dicte ses instructions pour les cuisines robots. Après quelques minutes, un déclic et une lumière jaune devant son fauteuil annoncent à Eric que sa commande a été remplie.

A regret, il quitte son œuvre inachevée et regagne son fauteuil. Il fait glisser un panneau et, soulevé sur un plateau mobile, un verre apparaît où fume une boisson rouge et parfumée. Alors seulement, Eric se rend compte qu'il a faim parce qu'il a oublié d'avaler la pilule de son goûter.

Sa mère, fatiguée d'une journée d'enseignement de cours d'histoire ancienne, allume pour la dixième fois aujourd'hui sa cigarette-éterna. Elle interroge son fils sur son activité de la journée.

— Oh! j'ai exploré avec Luc, répond vaguement l'intéressé. Et pour changer le sujet, il s'empresse d'ajouter:

— Tu sais bien, Luc 15 P 9 avec qui je suis des cours de spéléologie...

— C'est ce garçon qui a gagné le concours d'art oratoire du Grand Conseil?

— Non, c'est son frère Paul qui a gagné. Et sais-tu quelle sera sa récompense? Très impressionné, Eric annonce avec respect: La semaine prochaine on le laissera prononcer un discours au Réseau Général de la radio-vision.

— Quel grand honneur pour un enfant. Ses parents doivent être fiers de lui.

— Oh, ce n'est pas un enfant. Il a quatorze ans.

Vivement, pour ne pas laisser la conversation dévier, il ajoute:

— Il n'a plus que son père. Tu sais, le savant spécialisé en rayons Up... quelque chose?

Sa mère se met à rire.

— Tu veux dire en rayons Upsilon. Mais oui, tu as raison. Je n'avais pas fait le rapprochement. C'est donc lui le fameux docteur 15 P 9, médecin du Premier Grand Ordre?

Eric, fier de ses relations illustres et enchanté de cette occasion d'échapper à une enquête sur ses aventures de l'après-midi, questionne sa mère qui explique:

— Grâce à ses découvertes, on peut maintenant détruire en quelques heures les virus de plusieurs maladies en les exposant aux rayons Upsilon.

Une lumière clignote au-dessus de la porte d'entrée, annonçant la présence de quelqu'un dans le vestibule.

— Tiens, voilà ton père, et Madame 6 B 12, toute heureuse, va au devant de son mari.

Eric saute au cou de son père car, dans cette famille unie, on est toujours content de se retrouver. Monsieur 6 B 12 est grand, très grand même pour un citoyen de Surréal et Eric, perché sur son bras, oublie qu'il a neuf ans et qu'il sera bientôt un citoyen de Première Classe.

— Tu commences à être lourd pour ce genre d'acrobatie, dit son père en lui faisant exécuter un tour dans les airs avant de le déposer sur le dos sur le plancher de marbre. Dès que tu auras dix ans, ce sera toi qui me soulèveras.

Eric qui anticipe encore plusieurs mois de trêve

se relève d'un bond.

— Bernard ne rentre pas? Comme toutes les mères, madame 6 B 12 a besoin de sentir sa nichée autour d'elle.

— Tu le connais! L'inspecteur robot en est devenu cramoisi. Il doit être sous la douche.

— Qu'il y bouille et qu'il y gèle! souhaite Eric, vengeur. Ses parents ne peuvent s'empêcher de rire devant le drame qu'ils devinent. Leur cadet, éternel distrait, n'en est pas à sa première mésaventure du genre, et le goût de Bernard pour les douches violentes est célèbre dans la famille.

4

Bernard, le héros

Comme chacun prend place autour de la table, la porte glisse de nouveau et un garçon de treize ans, aux yeux noirs brillants de malice, bondit dans la salle, retombe sur les mains et après une série de pirouettes savantes, atterrit dans son fauteuil.

— Bonjour tous, me voilà!

— Sans aucun doute, remarque son père, qui se commande aussitôt un revigorant «blanc, fort et froid».

— Heureusement que les bibelots ont disparu de la civilisation, commente la mère qui aime intriguer ses enfants avec des mots archaïques.

— Qu'est-ce qu'un bibelot? Eric tombe dans le panneau.

— Un objet fragile servant à la décoration. En bon professeur, elle cherche des exemples concrets: Comme un vase à fleurs ou un bocal à poissons rouges.

— A quoi ça servirait ici? Il ne pousse pas de fleurs et on n'a jamais vu de poissons.

Bernard pratique ajoute:

— Et on ne saurait où les poser. Satisfait du monde qu'il connaît, il conclut: Ce devait être encombrant.

— Mais peut-être très joli. La jeune femme songeuse se plaît souvent à imaginer la vie compliquée des gens d'autrefois, avant la Destruction. Elle ne les connaît que par les vieux textes dont elle se sert pour donner ses cours. Les mères de l'antiquité aimaient-elles vraiment préparer laborieusement des repas trois fois par jour avec des moyens de fortune comme des cuisinières électriques et des «malaxeurs»?

Chacun avale la pilule-souper préparée par le département de Diététique et qui surgit devant les fauteuils sur un plateau mobile. Pour terminer, au menu-libre, Eric demande un carré à l'essence de chocolat, ses parents des cubes aux fruits synthétiques et Bernard une double portion de carrés à l'érable.

Le dessert de Bernard lui arrive avec une petite note, tapée à la machine par le Cerveau électronique de diététique: «Sixième double commande d'érable en six jours. Abus. La prochaine demande d'ici dix jours sera accompagnée d'une sanction».

— Sale vieille machinerie, fulmine le gourmand.

Sa mère conseille anxieusement:

— Bernard, sois prudent. Tu as déjà mérité une sanction ce mois-ci du directeur des études de calcul et deux réprimandes pour tapage dans l'express.

— Ne compromets pas ton avenir par des étourderies, recommande son père. Ce peut être très sérieux et tu risques de perdre ton statut de Première Classe. Inquiet du caractère volcanique de son aîné, il tente de mâter cette exubérance qui dans le monde clos de Surréal peut facilement devenir un manque de civisme.

— Tu nous rends de réels services à la Centrale électrique. Ne gâche pas ton dossier par des bêtises.

Eric, charitable, vient au secours de son frère.

— Qu'est-ce qu'il fait à la Centrale?

Bernard, toujours impulsif, se jette dans la brèche, sans remarquer le signal de son père:

— J'essaie de repérer la fuite d'électricité au moyen d'un déceleur électronique.

— N'est-ce pas dangereux? Sa mère n'aime pas trop ces révélations.

— Oh non, explique modestement l'étourdi. Au moindre signal de danger, ma lampe pilote s'allumerait.

— Ça ne me semble pas un travail pour un enfant. Madame 6 B 12 est indignée. Et que font tous les hommes forts de la Centrale pendant ce temps?

— Ils attendent à l'orifice des tuyaux du Grand Moteur. — Bernard ne manque pas une si belle occasion de briller.

Sa mère furieuse bondit sur ses pieds. Elle se tourne vers son mari:

— Comment, Georges, cet enfant se promène dans les conduits scellés du Grand Moteur, où personne n'a pénétré depuis des centaines d'années? Et toi, — elle tend un doigt accusateur — toi, tu ne fais rien pour arrêter cette imprudence folle?

— Ecoute, Mara, tente d'expliquer l'ingénieur qui espérait bien que la vérité n'éclaterait pas si vite, — les conduits sont si étroits que seul un enfant peut y circuler. Les moteurs ont été scellés depuis des siècles et leur action devait être permanente. Depuis ce tremblement de terre si inattendu, l'ampérage diminue continuellement. Le Cerveau électronique qui commande la Centrale a donné le signal du danger, mais il indique en même temps que la défectuosité est extérieure à la Centrale. Il semble y avoir une fuite quelque part et il faut la repérer le plus rapidement possible.

— Sinon, achève Bernard qui regrette son indiscrétion et voudrait bien tirer son père du pétrin où il l'a placé, sinon, nous risquons de manquer d'électricité.

— Est-ce vrai? Madame 6 B 12 se rassoit, les jambes coupées par cette terrible révélation qui équivaut à une condamnation à mort pour les habitants de Surréal. — Georges, c'est donc si grave que cela?

Son mari se penche et saisit sa main.

— Ça l'est. Devant cette menace, j'ai pensé que même toi n'hésiterais pas à laisser Bernard nous aider.

— Mais pourquoi avoir choisi Bernard, de tous les enfants de Surréal?

— Pour plusieurs raisons. Monsieur 6 B 12 éprouve une fierté légitime à les énumérer.

— D'abord, il nous fallait un enfant athlétique, car manœuvrer dans ces couloirs étroits demande beaucoup d'agilité. De plus, nous désirions quelqu'un qui comprenne le fonctionnement des appareils électriques et, depuis son enfance, Bernard hante la Centrale. Tous ses jours de congé se passent à poser des questions. Et enfin, nous ne voulions pas ébruiter l'affaire pour éviter une panique. Il fallait que le moins de personnes possible soient mises en cause.

Ici, le père regarde son fils avec reproche.

— Et je n'aurais pas voulu que tu le saches si vite, pour t'épargner des heures d'inquiétude.

Le jeune garçon baisse la tête. Encore une fois, son impulsion l'a trahi et cette fois sa victime est sa mère qu'il aime tant.

Il se jette à son cou.

— Ne t'en fais pas, maman, je te jure que je serai prudent. D'ailleurs il n'y a pas de danger, je fais un rapport toutes les minutes.

— Un rapport? Que veux-tu dire?

L'ingénieur explique:

— Nous guidons son évolution par radio-communication. L'ingénieur en chef suit son trajet sur le plan et nous ne le perdons pas de vue une seconde au radar.

Bernard renchérit:

— Je marque mon chemin à mesure sur les murs pour ne pas me perdre.

— Comme le petit Poucet d'autrefois. — Eric a des lettres.

— Et pour ne pas inspecter deux fois le même tuyau surtout.

— Il fait noir là-dedans? Eric pense à son ami Luc dont il admirait le courage. Dire que tout ce temps, il avait un héros à la maison.

— Je mets mon casque-lumière et mon masque à air.

— Toi aussi! L'exclamation échappe à Eric.

— Comment moi aussi?

— Oh! je veux dire, tu les mets... mais pas pour jouer.

Bernard se rengorge.

— Certainement pas pour jouer. Je travaille, n'est-ce pas papa?

Un éclair de fierté brille dans les yeux de l'ingénieur.

— Oui, mon petit, tu travailles et tu sauveras peut-être à la Cité bien des ennuis.

Puis, se tournant vers Eric et sa femme, il continue:

— Vous devez comprendre que ces confidences ne doivent pas être connues. Je n'ai pas d'inquiétude de ton côté, Mara, mais Eric doit jurer de n'en parler à personne, pas même à son meilleur ami.

— Veux-tu que je te fasse le Grand Serment de Surréal?

Quelle journée fertile en engagements solennels!

— Ce n'est pas nécessaire. Le père sourit, amusé. Ta parole me suffira. J'ai déjà celle de Bernard.

— Je te la donne, promet Eric, bien décidé à être plus discret que son frère.

— En attendant, vous êtes toujours des étudiants et les étudiants étudient le soir, si je ne me trompe pas.

Bernard, le vaillant élève, s'accroche à une paille.

— Tu ne crois pas que je mériterais un congé?

— Non, tonne le père qui voit que la gloire monte à la tête de son aîné. Tu fais ton devoir de citoyen pendant deux heures par jour et ça ne te donne pas le droit de grandir en illettré pour devenir un fardeau à la charge de la société.

Devant la mine déconfite de son grand, madame 6 B 12 ne peut retenir un petit sourire. Elle l'embrasse et d'une tape amicale le pousse vers la porte de sortie.

— Tu as dû oublier ton sac dans la salle de propreté encore une fois. Va vite le prendre et enferme-toi dans ton cube-de-nuit. J'irai te dire bonsoir tantôt. Toi aussi Eric, à l'étude.

Le plus jeune, studieux, ramasse son sac. Il s'attarde quelques secondes pour voir le titre du programme que ses parents écouteront et ne regrette rien lorsqu'il les voit fixer leur choix sur un concert de musique assonique.

Comme les deux frères se dirigent vers leurs chambres, Bernard s'arrête devant l'auto-tableau où le dessin interrompu du plus jeune a été oublié.

— Ce n'est pas gai, ton truc. Qu'est-ce que ça représente, cette grisaille?

— Des histoires imaginaires, répond Eric et, d'un tour de manette, il efface son œuvre dont le modèle lui semble maintenant un rêve oublié.

Dans leurs cubes-de-nuit respectifs, les enfants installent les rouleaux de dicta-vision et, chacun devant son pupitre, écoute et regarde la préparation des cours du lendemain.

Plus tard, après le baiser tendre de leurs parents, ils s'endorment tous deux èt, à leur insu, leurs rêves se rejoignent. Ils errent dans des corridors sans fin, guidés par un faisceau de lumière et par l'héroïsme simple des enfants courageux.

5

La vie d'étudiant de Paul

Le lendemain matin, dès huit heures, Bernard retrouve au gymnase son chef de quart, Paul 15 P 9.

Assis côte à côte sur le banc de la salle des équipes, ils chaussent de légères bottes de caoutchouc synthétique en prévision d'une partie inter-cours de ballon-robot.

Bernard se penche vers son ami.

— Je t'assure que tes succès oratoires font du bruit. Je suis très impressionné de connaître un si illustre personnage.

— J'ai toujours eu la langue bien pendue. Ça m'a nui autant que ça m'a aidé, tu sais.

— Il paraît qu'on va t'entendre au Régé? Le Grand Réseau Général est mieux connu par ce sobriquet.

Paul fait une grimace.

— Je dois préparer un texte. Je t'avoue que je ne sais pas de quoi parler pour intéresser tout le public.

Bernard attache sa ceinture sonique sur son maillot rouge. Il suggère moqueur:

— Parle de la rareté de l'essence à goût d'érable et du sale caractère du Cerveau électronique de diététique.

Paul, déjà prêt, glisse dans sa joue la rondelle plate de son bruiteur ultra-sonique. Seuls les membres de son équipe pourront en percevoir les signaux, grâce à leur ceinture réceptrice.

Il lève la main et, au centre de la salle, ses équipiers habillés de rouge et l'équipe des bleus se groupent autour des deux chefs.

A Surréal, tous les enfants du même âge se ressemblent étrangement. Le régime uniforme et une surveillance constante des départements de diététique et d'hygiène, qui corrigent toute anomalie, font qu'ils sont tous de la même taille, également minces et élancés, également pleins d'énergie. Seuls les traits diffèrent et la couleur des yeux. Car personne n'a de cheveux. Depuis des siècles, cet apanage anti-hygiénique et encombrant a été éliminé, donnant à chacun, homme, femme et enfant, une calvitie égale. Cela contribue encore davantage à augmenter ce conformisme que les Premiers Fondateurs avaient jugé nécessaire à la vie en commun d'une multitude dans un endroit restreint.

Paul montre à tous un petit disque d'argent perforé de mille trous minuscules.

— Voici le jeu que m'a remis le directeur d'athlétisme. L'évaluateur de chance prévoit un résultat de 23 à 16 avec 39 pour le robot.

Une huée s'élève. Comme personne ne sait quelle équipe le Cerveau électronique favorise, tous les espoirs sont permis. Qui aura 23? Les rouges?

les bleus? Mais accorder au robot une victoire de 39, c'est trop fort.

— Nous le battrons, crient les bleus et les rouges en courant vers le cube de jeu. Ils pénètrent dans une salle parfaitement carrée dont le plafond et le plancher sont blancs et dont deux murs sont rouges et les deux autres bleus.

Près de la porte, dans le panneau-contrôle, Paul glisse le disque argenté. Aussitôt, une trappe s'ouvre dans un mur et le ballon-robot, jaune, léger et capricieux roule à ses pieds, puis, avant qu'il ait pu le saisir, bondit vers le plafond où il reste fixé, tapi dans un angle.

— Ça débute bien, commentent les joueurs en prenant leur position.

Un sifflement se fait entendre, et la partie commence.

Il s'agit de lancer le plus souvent possible le ballon contre le mur de l'équipe adverse, lequel s'illumine alors pendant une seconde et fait entendre un gong de victoire. Les points s'enregistrent au cadran automatique. Mais ce qui rend si difficile ce jeu d'adresse, c'est que les deux équipes doivent éviter à tout prix de laisser le ballon toucher le plafond, où il marque ses buts à lui. Et ce ballon infernal, téléguidé par le disque-robot et dont chaque mouvement a été prévu, a des caprices, des bonds de côté, des ruses qui le retiennent près du plafond d'où il s'abat sans avertissement sur les joueurs aux aguets.

La partie devient une ronde dantesque, les maillots bleus et rouges s'entrecroisent, les murs s'illuminent, le gong ponctue les victoires, les éclairs jaunes du ballon moqueur marquent ses points et les garçons déchaînés s'affrontent, guidés chacun par les sifflements ultra-soniques de son chef. Personne ne doit parler; chaque infraction vocale coûte un point à l'équipe du coupable et cette discipline rigoureuse du silence développe chez les jeunes un grand contrôle de la volonté.

Au premier repos, le ballon retombe mollement au sol où il sautille sur place comme avec impatience. Pendant quelques secondes, la conversation est permise. Les joueurs s'étendent sur le sol dans une relaxation complète.

— Ça va mal, fulmine Bernard, les bleus ont déjà six points d'avance.

— Oui, mais le ballon n'en a que dix.

Il est bien intéressant de battre l'autre équipe, mais le vrai défi, c'est de déjouer le ballon et l'empêcher de réaliser le pointage prévu par le Cerveau électronique.

— Si nous faisons mentir le Cerveau électronique pour la troisième fois, notre équipe méritera la ceinture verte. — Le chef tente de leur insuffler le feu sacré.

Un premier coup de sifflet avertisseur. Le ballon taquin atterrit sur le nez de Bernard avant de s'envoler hors de portée.

— Ah! le maudit! crie la victime en bondissant.

— Attention, Bernard, c'est un piège pour te faire perdre ton sang-froid. En bon chef, Paul a deviné la ruse.

Second coup de sifflet et, dans un silence haletant, la partie reprend de plus belle, pour se terminer sur un pointage de 27 pour les rouges, 14 pour les bleus et 35 seulement pour le robot déconfit.

Plus tard, dans la salle de propreté, les deux amis se postent près de l'auto-laveuse où Paul voit à ce que chaque athlète dépose son maillot et ses bottes, pendant que son camarade récupère et range les ceintures soniques.

En passant, tous les joueurs tapent Bernard sur l'épaule.

— Félicitations, mon gars.

— Un bel arrêt, champion.

— Comment as-tu deviné que le ballon remonterait au plafond une troisième fois?

Bernard n'avoue pas qu'il était bien trop furieux pour raisonner et que c'est la rage qui l'a jeté à plat ventre sur le robot malgré la sarabande du ballon prisonnier.

Son chef, qui le connaît bien, devine les dessous de l'histoire et lui conseille:

— Sois moins impulsif. Ton jeu serait plus régulier.

A son tour, Bernard pénètre dans la cabine de douche. Il en sort tout revigoré et le teint rougi.

— Paul, viens ici. Je t'ai préparé ta douche, tu n'as qu'à presser sur le bouton. Ça va te faire gagner du temps.

Reconnaissant, Paul s'enferme dans la cabine d'où jaillissent aussitôt des cris de rage impuissante, pendant que le traitement favori de Bernard le ballotte à droite et à gauche.

Le coupable enfile en toute hâte la tunique fournie par l'auto-laveuse et, sans même prendre le temps de chausser les sandales qu'il tient à la main, il file vers la sortie.

Paul émerge de la douche hors d'haleine et la peau en feu, juste à temps pour voir la porte glisser sur les talons du fuyard. Il lance à sa suite toutes les invectives fournies par son art oratoire.

— La composition du plastique-adhésif qu'on emploie pour confectionner les bottes de jeu et les chaussures de spéléologie comprend six opérations...

Pendant tout le cours de chimie, Paul, installé devant l'écran, prend des notes et enregistre l'image et la trame sonore sur une bobine de dicta-vision placée dans le bras de son fauteuil.

La voix du professeur invisible commente l'expérience qui se déroule sous les yeux des étudiants et qu'ils devront ensuite réaliser seuls au laboratoire.

A la récréation, Paul s'arrête près de la porte, laissant le flot de ses camarades défiler autour de lui. Il ajuste le cadran de sa montre-radio-émetteur, jouet rare et que peu d'enfants de Surréal ont les moyens de posséder. Leur père l'a offerte à ses deux fils, espérant nouer plus solidement entre eux ce lien dont l'absence d'une maman au foyer les prive tous. Cette montre avertit Paul par un bourdonnement discret que son père désire communiquer avec lui. Comme toujours le médecin est bref :

— Je ne rentrerai pas avant la nuit. Occupe-toi de ton frère.

Aussitôt, Paul synchronise les ondes de Luc et ce dernier répond par un chuchotement:

— Je suis au cours de spé. Parle bas.

— Papa ne rentrera pas ce soir. Viens-tu te baigner aux Grottes cet après-midi?

La réponse se fait attendre. Luc hésite devant la tentation irrésistible d'une invitation de son grand frère. Mais une autre voix l'appelle, plus forte encore, celle de l'Air Libre.

— Merci. Je ne peux pas. Pour ne pas être questionné, il ajoute dans un murmure:

— Comment a été l'examen de géologie? Ce point faible de son aîné l'inquiète.

A voix basse, Paul répond:

— Affreux, je l'ai coulé. Ça va mal aller si je ne fournis pas au professeur un spécimen rare d'ici quelques jours. C'est pourquoi je vais aux Grottes.

— Bonne chasse, alors.

— Eh! ne coupe pas! Bernard est-il dans ton cours?

Paul sait que son ami a opté pour la spéléologie et rencontre souvent Luc aux conférences.

— Oui, je le vois à la première rangée. Il bouge sans arrêt et le signal-semonce de son fauteuil s'allume souvent. Il va bientôt se mériter une sanction.

— Dis-lui que je lui en réserve une moi, en tout cas, et une sucrée! Paul inconsciemment élève la voix au souvenir cuisant de la douche brutale.

Luc, étudiant modèle, voit avec horreur son propre signal-semonce clignoter. Il a enfreint la loi du silence.

Aussitôt, le petit garçon coupe la communication et reporte son attention sur l'écran qui explore les mille dédales des cavernes souterraines de Surréal.

Avec quelques camarades, Paul convient d'un rendez-vous pour une excursion de géologie aux Grottes et surtout une baignade au lac Noir.

Le reste de sa matinée s'écoule rapidement. L'étudiant passe une heure à l'audiothèque où, un casque écouteur sur la tête, il entend une voix expressive raconter pour lui seul quelques chapitres du livre de la semaine prescrit par le professeur de littérature ancienne.

Les quelques centaines de volumes pour les jeunes apportés par les ancêtres dans la Cité souterraine ont été enregistrés et leur audition intéresse et documente les générations successives d'enfants surréalais. Pourtant l'étude s'en révèle laborieuse. Ces livres sont parsemés de mots disparus dont il faut chercher le sens comme: atmosphère, gratte-ciel et pluie. Ils évoquent des actions impossibles comme: s'envoler dans les airs, allumer un feu ou faire du ski. Ils décrivent des paysages inimaginables, comme: un désert immense, un ciel nuageux, une forêt impénétrable, et relatent des rencontres avec des formes de vie animale depuis longtemps disparues où le héros galope sur un cheval fougueux, pêche un brochet, dompte un lion ou même est piqué par un marin-gouin. Cette dernière mésaventure ridicule réjouit follement les auditeurs souterriens.

Paul s'amuse beaucoup de son sujet actuel: «Le tour du monde en 80 jours» d'un auteur de l'antiquité, Jules Verne.

Il est rendu à la traversée de l'Inde et la rencontre avec un éléphant le passionne. La description de cet énorme animal mythique le jette dans des convulsions de fou rire qui lui valent des regards sévères des auditeurs casqués qui l'entourent, chacun plongé dans son monde individuel. «Quelle imagination», pouffe le garçon en écoutant comment la grosse bête avec sa trompe élève un passager jusqu'à son dos. Au bras de son fauteuil, un signal-semonce le rappelle à l'ordre.

— Nous faisons un beau trio, se dit-il en pensant à Bernard et à Luc.

A midi, Paul s'arrête une minute à un des nombreux Bu-Pils de la Cité scolaire. A ces Buffets-Pilules, les jeunes toujours pressés trouvent une solution rapide au problème des repas.

L'étudiant passe son bracelet matricule devant le repéreur et, dans un roulement silencieux de son mécanisme compliqué, le Cerveau électronique de diététique choisit entre des milliers la pilule particulière prévue pour Paul 15 P 9 et l'expédie à l'endroit indiqué.

Paul retire de sa niche la petite capsule orange et l'avale aussitôt, s'assurant qu'il est devant l'écran espion qui le notera, car négliger son devoir de citoyen en ne mangeant pas sa ration obligatoire est passible de sanction.

Ensuite, en compagnie de deux confrères, le jeune homme se dirige vers la Spirale la plus proche où ils s'enregistrent tous les trois pour leur mille journalier.

La «Spirale», invention dont l'origine se perd dans la nuit des temps, voilà la recette de santé des habitants de Surréal, peuple condamné à vivre en sédentaire. Tous, du plus petit au plus grand, sont absolument tenus de faire leur mille d'exercice quotidien. Seule, une raison très grave peut les en dispenser. A tous les carrefours de la Cité, les Spirales attendent les citoyens. Autour d'immenses salles rondes et très hautes une galerie court le long du mur, s'élevant graduellement jusqu'au sommet, comme les fils d'une vis sans fin. Par une porte, on pénètre dans la Contre-Spirale qui ramène les promeneurs en pente douce jusqu'à la sortie. Les murs roulants aux couleurs estompées empêchent de devenir étourdis et l'air frais et vivifiant purifie l'organisme.

Une musique rythmée varie d'un palier à l'autre et scande la marche, tour à tour rapide ou lente.

A la fin de la promenade, une pause brève devant un nouvel écran espion enregistre la vitesse des battements de cœur et la dilatation des poumons et permet au comité d'hygiène de déceler rapidement toute maladie dès son origine.

Tous ont en bandoulière l'inévitable trousse d'urgence et, sur le dos, un lourd sac contenant leur équipement: une salopette de soie indéchirable et isolante, des bottes adhérentes plus lourdes que celles de jeu, un casque-lumière à l'épreuve des chocs, un rouleau de fine corde très forte et le fameux piolet sans lequel aucun géologue qui se respecte n'entreprend une expédition.

Trois de front, en causant, Paul et ses amis tournent et retournent, puis reprennent un second mille imposé à cause de la vigueur de leur jeune âge et de leur besoin plus grand d'exercice.

Par un hasard assez fréquent, pour ce deuxième trajet, les amis se retrouvent l'un derrière l'autre, accompagnés chacun par une jolie jeune fille repérée lors du premier tour par des yeux exercés. La ronde des Spirales a été de tout temps l'occasion de bien des camaraderies, et presque toutes les mères peuvent confier rêveusement à leurs enfants: «J'ai connu votre père à la Spirale de l'ouest... à celle de la Cité Médicale... ou à la Piscine des Artistes». Car la natation quotidienne dans une piscine publique est une autre obligation sociale imposée par le bureau d'hygiène.

Un arrêt à la section de spé pour prendre son équipement et Paul rejoint ses camarades à l'heure et l'endroit convenus à la station nord la plus proche.

Les garçons attendent le passage d'un wagon plus désert que les autres et s'y installent. Le babil de leur conversation est toléré par le signal-

semonce parce qu'ils voyagent dans une région iso-
lée. Avec l'exubérance naturelle de leur âge, les
savants en herbe commentent leurs notes de cours,
déplorent la nécessité d'étudier des langues mortes
comme l'anglais et se taquinent sur leur conquête
récente.

Paul rit plus fort que les autres et en oublie
ses problèmes: l'ultimatum du professeur de géologie et le sacré texte qui doit le couvrir de gloire.

6

Luc à la surface

Dès la fin des cours, Luc entreprend seul son dangereux pèlerinage. Chaque après-midi le trouve maintenant à l'air libre, à l'orée de ce monde qui l'attire invinciblement.

Fort de ses expériences précédentes, il lui faut moins d'une heure pour se retrouver à l'orifice du tunnel où il a conduit son ami Eric.

Le ciel lourd ne présente toujours pas d'éclaircie, mais il ne pleut pas et on aperçoit la lisière de la forêt, cent pieds plus bas, au pied de la montagne.

Cette absence de couleur rassure le petit garçon plus que les bleus et les verts agressifs de ses premières expéditions. Le soleil ne lance pas ses rayons menaçants, la pluie ne glace pas et la brume estompe l'horizon trop inquiétant.

Bref, un temps idéal pour un petit souterrien! Luc décide de s'aventurer au delà du seuil rassurant de son tunnel. Il fait quelques pas incertains sur la pente abrupte; les cailloux cascadent sous ses pieds et, peu habitué à un terrain accidenté, il perd l'équilibre et roule jusqu'au bas de la pente.

Tout étourdi, il se retrouve au pied de ces plantes gigantesques aux aiguilles piquantes que la botanique des anciens appelait des sapins. Portant la main à sa figure, il s'assure de l'étanchéité de son masque. Puis il se tâte craintivement. Les chutes sont rares sur les pentes douces de Surréal et, à part les spéléologues qui s'aventurent dans les Grottes, personne n'a jamais eu l'occasion de rouler au bas d'une montagne. Cette innovation plaît au petit garçon et le console des émotions de la descente.

Là-haut, l'entrée du tunnel baille au flanc de la montagne. Puisque le voilà rendu si loin, autant en profiter.

Luc ramasse son casque-lumière et le replace dans son tube de plastique. Puis il se met en route à petits pas prudents, arrêté à chaque seconde par une découverte nouvelle. Le chant d'un oiseau le ravit et son vol rapide encore plus. Le grand silence de la nature assaille ses oreilles après le ronronnement de son existence motorisée. Ses sandales foulent avec plaisir le sol spongieux et bruissant de la sapinière. Il touche l'écorce rugueuse et noircit son doigt à la résine luisante. Comme Adam au Paradis Terrestre, Luc découvre le grand univers de Dieu.

Soudain, un cri rauque lui parvient et le glace d'effroi. Qui vit sur la terre? Quel terrible danger le menace? Pas habitué aux grands espaces, le petit garçon ne parvient pas à localiser le bruit, pour le fuir. Comme sa caverne protectrice est loin! Va-t-il périr tout seul, sans que personne ne devine jamais son sort?

Pour la première fois, Luc a peur dans son

nouveau monde ami. Adossé à un arbre, il adresse une demande de secours au Premier Moteur qu'on lui a depuis toujours représenté comme la source toute puissante et bienfaitrice de vie. Mais, en la récitant, sa prière lui semble vaine. Comment ces gigantesques machines souterraines pourraient-elles aider un enfant en détresse?

Les cris se rapprochent, les branches craquent... une grande bête poilue se jette sur le gamin épouvanté et le renverse. Une longue queue menaçante fouette l'air et une langue chaude rape méthodiquement ses joues. Les yeux fermés, Luc attend stoïquement la mort.

Et voilà que, sans qu'il sache comment, un sentiment de sécurité le remplit. Son esprit n'était que tumulte, une paix rassurante le pénètre. Il ouvre les yeux et redresse la tête: son agresseur se penche sur lui, le souffle haletant, la langue pendante, ses oreilles soyeuses encadrant une face au long nez noir. Et toujours cette dangereuse queue s'agite.

— N'aie pas peur.

— Je n'ai pas peur. Luc a répondu comme s'il était parfaitement naturel que dans ce monde supposé inhabité quelqu'un entame la conversation avec lui.

— Tes idées tremblaient très fort. Je l'ai senti.

Luc regarde la grosse bête assise devant lui.

— Alors tu dois aussi sentir que tu ne m'effraies plus. A dix ans, on a de la fierté et on la défend.

— Où es-tu? reprend son interlocuteur. Je ne te vois pas.

— Je suis devant toi. Es-tu aveugle? — Voilà notre

explorateur prêt à compatir avec ce spécimen d'une race malheureuse, poilue, à la queue en agitation perpétuelle et qui, par-dessus le marché, semble ne pas voir ce qui est juste devant son long nez. Il continue son enquête:

— Etes-vous nombreux sur la terre? Où habitez-vous?

Un grand éclat de rire juste derrière lui le fait bondir sur ses pieds, prêt à une nouvelle attaque.

Il se trouve devant une étrange petite fille de la même taille que lui. Elle a une longue chevelure rousse et est vêtue de grosse toile brune. Des éclats de rire fort harmonieux mais aussi fort moqueurs secouent cette nouvelle apparition.

— C'est avec Bark que tu parlais? Il ne devait pas beaucoup te répondre.

— Il a été très poli, lui, rétorque Luc, piqué, pendant que son agresseur, se range près de la nouvelle venue dont il lèche la main avec déférence.

— Comme tu es drôle. Tu n'as pas de cheveux et tu portes un masque. Viens-tu de la lune?

Luc est un petit garçon bien perplexe en ce moment. Toutes les théories apprises depuis son enfance viennent de s'écrouler. Un monde désert et calciné se révèle habitable. Des animaux le parcourent, des êtres humains s'y promènent dans des forêts verdoyantes.

Et pourtant, rassuré, l'enfant éprouve plutôt qu'une crainte l'impression étrange de rentrer chez lui après une longue absence.

Mais le ton cavalier de la fillette lui déplaît et il s'adresse de nouveau, poliment, à son auditeur à quatre pattes.

— Etes-vous de la famille des loups, comme l'agresseur du petit Chaperon Rouge? Il n'est pas sûr de ne pas gaffer en rappelant des ancêtres peu glorieux mais il tient aussi à étaler ses connaissances littéraires.

— Il ne te répondra pas, voyons. C'est mon chien Bark. Comme pour le confirmer, le quadrupède lance un bref aboiement.

— Pourtant, nous avons très bien parlé... avant ton arrivée.

— Mais non, c'est moi qui communiquais avec toi. Nous échangions nos idées par télépathie.

Luc, enfant de l'âge ultra-moderne, est tout de suite intéressé.

— Montre-moi donc cet appareil de télé... pat...? De nouveau, la sauvageonne rit de bon cœur.

— Il n'y a pas d'appareil. Ce sont mes idées qui se transmettent à ton cerveau et les tiennes qui me répondent. Tu dois le savoir puisque tu es télépathe... et très bon à part ça. Tu communiques clairement, même à distance.

Le petit garçon se rengorge. Rien au monde ne lui fera avouer qu'il ne se connaissait pas cette faculté quelques instants plus tôt. Il est télépathe! Et même très adroit télépathe! Pour une fois que cette étrange créature l'admire, il ne ternira pas sa gloire par des aveux inutiles.

— D'ailleurs, continue la petite fille en se laissant tomber sur le sol près de lui, nous ne parlons pas la même langue. — Pour la première fois, Luc s'en rend compte soudain: elle a parlé à haute voix et les sons étranges qui sortent de sa bouche rappellent à Luc les langues mortes étudiées par son grand frère Paul. Heureusement, grâce au phénomène de la télépathie, ils peuvent communiquer même à travers la barrière de langages.

Quel étrange spectacle que ces deux enfants, assis l'un près de l'autre sous les sapins, le gros chien à leurs pieds et causant dans deux idiomes différents comme des amis de toujours.

— Je me nomme Agatha. Et toi?

— Luc 15 P 9. Et j'habite Surréal, sous la montagne. D'un geste il indique le Mont-Royal et l'orifice du tunnel.

Avec les facultés d'adaptation propres à son âge, Agatha accepte cette déclaration.

— Moi, je demeure derrière la montagne, au bord du fleuve. Notre tribu habite Laurania. Curieuse, elle ajoute: Pourquoi portes-tu un masque? et que fais-tu dans ce bois? J'y viens souvent. Bark et moi ne t'avons jamais vu.

— C'est la première fois que je descends la pente, répond Luc, sans avouer de quelle manière il s'y est pris. Il n'ose dire qu'il garde son masque à cause de la pollution de l'air. Il sent que cette remarque blesserait son amie. Il explique:

— Je suis habitué à l'air synthétique. Et toi, que fais-tu si loin de chez toi?

— Mon père et mon frère chassent et moi je cueillais des bleuets. Elle court à l'orée de la forêt et revient à Luc tenant un rustique seau de cuir plein de petites sphères bleutées. En veux-tu?

Poliment, Luc en prend une et, soulevant un instant son masque, il l'avale toute ronde, comme il l'aurait fait avec la pilule de son goûter.

— Allons, le presse Agatha, prends-en plus que ça.

— Non merci; il ne faut jamais prendre plus d'une capsule à la fois.

Agatha hausse les épaules et puise à pleine poignée dans son seau, pendant que ses lèvres se teignent de bleu.

Luc, intrigué et dont l'esprit scientifique a été entraîné depuis toujours à aller au fond des choses, poursuit son idée.

— Et tu trouves ces capsules toutes prêtes?

Quelle aubaine sa découverte présenterait pour le service de diététique!

— C'est tout ce que vous mangez?

— Ah non! nous mangeons le gibier que nous chassons, le poisson du fleuve et aussi du pain.

— Du pain? Comment est-ce?

Agatha en sort un morceau de sa poche, le partage en deux et en tend la moitié à Luc qui examine la croûte sèche et la mie blanche et tendre.

— C'est mon goûter. Elle y mord à belles dents.

Luc, qui n'a jamais vu personne tant manger de toute sa vie, craint pour la santé de son amie.

Explorateur en tout, il se risque à grignoter la pâte rustique.

— Avec quoi est-ce fait?

— Avec de la farine.

— De la farine. Ça vient d'où?

— Nigaud! Du blé. Mais tu ne connais donc rien?

Le pauvre ignorant baisse la tête, sans penser que ce qu'il sait étonnerait la petite primitive bien plus encore que ce qu'il ne connaît pas.

Pour cacher sa confusion, il se lance dans une nouvelle enquête.

— Est-ce un chapeau, cette fourrure-là?

La fillette porte la main à sa tête, comme pour vérifier.

— Mais non. Je suis nu-tête.

Luc a recours à son histoire de l'antiquité.

— Alors ce doit être du poil, comme nos ancêtres en portaient.

— Tu n'est pas gêné! Ce sont des cheveux. — Coquettement, elle agite sa magnifique toison rousse qui lance des éclats fauves.

— Et... tu ne les enlèves pas, même pour dormir?

Elle rit de bon cœur.

— Jamais, même l'été.

— Ce doit être chaud, sympathise Luc qui trouve tout de même assez joli ce curieux panache.

— Pas plus que ton masque.

Les deux amis surveillent le manège du chien qui galope en rond devant eux, cherchant une piste, ivre d'espace et de liberté.

— Tu vis sous la montagne? Sous la terre?

Quelle idée inconcevable. Les enfants comparent longuement leurs existences si différentes, la science de Surréal et ses restrictions, la simplicité bucolique de Laurania, la liberté presque sauvage de ses habitants.

Luc raconte les origines de son peuple, la Grande Destruction, les réfugiés de la Montagne et la création laborieuse de la magnifique Cité souterraine. Toutes ces choses il les a apprises comme chaque enfant l'histoire de son pays, il en est fier comme un vrai patriote est fier de sa patrie.

Agatha ne peut lui fournir autant de précisions. La tradition orale a transmis la légende terrible d'un déluge de feu, d'une épidémie de peste qui ne pardonnait pas.

— Les survivants se sont terrés dans les campagnes dévastées. Ils vivaient comme des animaux. Puis, ils se sont groupés, ont repris la vie de tribus pour mieux s'entraider dans leur lutte contre les éléments, les animaux sauvages et les maladies.

— Y a-t-il plusieurs tribus comme la tienne?

— Les plus audacieux qui ont voyagé, parlent d'un groupe qui habite près de l'embouchure des trois rivières, à l'est d'ici. Et il y en aurait d'autres sur un grand cap, très loin sur le fleuve.

Bien des choses leur échappent encore. La barrière des langues ne peut être complètement franchie par la télépathie et les termes techniques de Luc ne s'expliquent pas mieux que les phénomènes de la nature décrits par Agatha. Mais les deux enfants, unis déjà par une amitié instinctive, se font mutuellement confiance, acceptant avec la facilité propre à leur âge les idées les plus saugrenues.

Agatha, enfant de la nature, ne parvient pas à comprendre la résignation des habitants souterrains.

— Vous n'avez jamais essayé de sortir?

— Oui. Deux fois on a même réussi à percer une ouverture jusqu'à l'extérieur.

— Et alors? Tout semble si simple, lorsqu'on vit au soleil.

— Eh bien! La première fois, le dernier coup de pic a laissé pénétrer un torrent d'eau. Ceux qui creusaient ont été noyés et une partie de la Cité a été inondée.

— Vous avez dû déboucher sous le fleuve, conclut logiquement Agatha.

— Et l'autre fois?

— La deuxième tentative était une entreprise du Grand Conseil, longuement étudiée. On a ouvert la porte-frontière de plomb. Des volontaires l'ont franchie. Ils ont dû percer un mur de glace et de neige. L'air gelait les poumons, le vent hurlait. On a conclu que l'époque glaciaire avait recommencé et que la surface était inhabitable. Cela a calmé tous les insatisfaits, et on a refermé la porte de plomb.

— Quelle malchance. Vous avez choisi une tempête d'hiver. Et depuis, personne n'a tenté de sortir?

— Pas que je sache.

— Et toi, Luc, pourquoi es-tu sorti?

— Moi, c'est par chance. — Trop modeste, il ne cherche pas à tirer vanité de son exploit. — J'ai trouvé la fissure. Et surtout... je me sentais attiré.

— C'est peut-être moi qui t'appelais. Je venais souvent ici avec Bark et je souhaitais tellement avoir un ami. Je priais Dieu tous les jours.

Agatha, plus raffinée que les enfants de sa tribu, ne prenait pas de plaisirs à leurs jeux primitifs et bruyants. Depuis la mort de sa mère, elle accompagnait souvent son père et son frère à la chasse. Et eux se fiaient à la protection de l'énorme chien pour protéger la petite de toute attaque des animaux dangereux qui infestaient la région.

— Des animaux comme des lions ou des tigres? Luc se rappelle ses lectures de la préhistoire.

— Je ne connais pas ces bêtes. Mais il y a les

ours et les loups et parfois un puma.

— Et tu n'as pas peur? Luc à son tour admire sa petite amie.

— Non. Bark me protège. Et mon ange gardien.

Luc regarde autour de lui.

— Où est-il?

— Bark? Il est là, près de la montagne.

— Non. Ton gardien.

— Mon ange, tu veux dire? Mais il est invisible.

— Alors comment peut-il te garder?

— Dieu me l'a donné pour me protéger. Nous en avons tous un.

— Penses-tu que ton Dieu m'en donnera un à moi aussi?

Luc comprend que dans ce monde menaçant, où l'influence du Premier Moteur semble assez douteuse, la présence d'un gardien invisible doit être un précieux atout.

— Tu es un enfant de Dieu, comme moi, même si nous ne respirons pas le même air.

Luc est très impressionné par ce Dieu si bienveillant pour les étrangers. A son tour il pose la question favorite d'Eric.

— Comment le sais-tu?

— Parce que je crois, dit simplement Agatha. Mais toi, qui pries-tu donc? — Il ne lui vient pas à l'idée qu'on puisse ne pas prier.

— Je prie le... Premier Moteur. Mais il ajoute hâtivement, pour ne pas blesser le Dieu de l'air libre: Je ne crois pas qu'il m'entende d'ici.

— Mon Dieu — et la petite fille en est très fière — entend tout, même nos pensées secrètes.

— Il est télépathe, lui aussi?

— Le meilleur au monde. Avec lui, on n'est jamais seul.

— Et comment s'appelle-t-il?

— Nous l'appelons Notre Père.

— Notre Père. Tu crois que je pourrai l'appeler comme cela lorsque je le connaîtrai?

A ce moment, le bourdonnement discret de sa montre-radio avertit Luc que son frère désire la communication. Il porte sa montre à son oreille et le message lui arrive très afflaibli, à peine perceptible:

— Rentre si tu veux être à la demeure avant le coupe-jour.

Deux fois, Luc presse le minuscule bouton émetteur, signalant qu'il a compris. Il ne tient pas du tout à entreprendre un dialogue qui trahirait immédiatement la distance insolite qui le sépare de son aîné.

Agatha regarde le manège avec intérêt.

— Quel étrange bracelet qui parle. Que dit-il?

— Mon frère m'a conseillé de revenir à la maison. Mais tu étais tout près. Tu n'as pas compris?

— J'ai bien entendu, mais il parlait dans une langue étrangère.

— La même que moi, pourtant, fait Luc intrigué.

— Alors, conclut Agatha, comme si c'était la chose la plus simple du monde, c'est que ton frère n'est pas télépathe.

— Comment, tout le monde ne l'est pas? Luc ne se croyait pas un talent si exclusif.

Son amie pouffe de rire.

— Mais non, évidemment. Seulement quelques personnes. Je suis d'ailleurs la seule dans ma famille. C'est un don rare et la science n'est pas encore très perfectionnée. Y en a-t-il plusieurs à Surréal?

— Je n'en ai jamais entendu parler. Luc peut l'affirmer en toute franchise. Il y a quelques heures, il ignorait tout de ce moyen de communication.

Au loin, un appel mélodieux résonne à travers la forêt. Bark répond par un aboiement sonore. L'appel d'un cor primitif.

— Voilà les chasseurs qui rentrent, je dois les rejoindre. A demain, Luc.

— A demain, Agatha.

Et, pour sceller ce pacte, la petite Lauranienne tend la main à son ami surréalais et chacun reprend le chemin de son foyer personnel, emportant le secret d'une amitié toute neuve.

Pendant qu'il s'essouffle au flanc du rocher, Luc entend le chant du cor et les aboiements de Bark et les deux sons se rapprochent l'un de l'autre tout en s'éloignant de lui. Conscient soudain de sa solitude, Luc, hors d'haleine, franchit les derniers cent pieds à quatre pattes et bondit dans le tunnel sombre et hospitalier. Au moment de sortir son casque-lumière, il constate qu'il tient encore à la main une des pierres rondes et rouges qui ont rendu son escalade si pénible. Il la glisse dans son tube d'urgence, en se disant:

— Cela pourrait peut-être régler le problème de géologie de Paul.

Le petit frère charitable ne croit pas si bien dire, mais il est loin de penser qu'en solutionnant un problème pour son aîné, il va lui en créer un autre mille fois plus compliqué.

7

Bernard à la Centrale

Lorsque Bernard arriva à la Centrale, après un rapide plongeon dans la piscine du collège, il y trouva une dizaine d'ingénieurs qui l'y attendaient en causant par petits groupes.

A son entrée, tous se turent et se tournèrent vers lui. Le petit garçon, craignant d'avoir interrompu une discussion importante, allait s'esquiver lorsque son père vint à sa rencontre.

— Entre, Bernard. Nous t'attendions.

Très flatté, notre héros eut la délicatesse de ne pas le laisser paraître. Puisque tous ces hommes occupés se rassemblaient pour l'attendre, c'est que sa mission avait encore plus d'importance qu'il ne le croyait. Ce qui avait commencé comme un jeu amusant tournait maintenant au tragique et son cœur se serra à l'idée de toute cette confiance placée en lui par des hommes dont il respectait le jugement.

Il les connaissait tous pour les avoir suivis et harcelés de questions pendant ses visites fréquentes à la Centrale. Son ambition dans la vie était de connaître et de contrôler à son tour les puissantes machines, dispensatrices de vie et de santé pour toute la Cité. Aucune explication ne lui semblait trop ardue, aucune démonstration trop abstraite.

Il admirait et enviait les ingénieurs et eux, de leur côté, éprouvaient une chaude affection pour ce gamin débrouillard et loyal malgré toutes ses étourderies.

Son père lui tendit la salopette isolante qu'il revêtait toujours pour ses excursions dans les tuyaux. Il se coiffa du casque-lumière et son masque à la main il s'approcha du plan en relief qui montrait en détail le labyrinthe compliqué des conduits qui se croisent et s'entrecroisent autour du bloc scellé, réceptacle du Premier Moteur.

Ce Premier Moteur, découverte de savants géniaux mais dont le secret fut perdu dans l'histoire, est le cœur même de la Cité. Puisant dans les forces vives du centre de la terre une source d'énergie électrique inépuisable, il alimente les fils à haute tension qui vont porter la vie aux nombreuses usines de Surréal.

Se tournant vers les hommes soucieux qui l'entourent, l'ingénieur en chef simplifie pour le bénéfice de Bernard les renseignements qu'il a compilés d'après les rapports de ses associés.

— Toutes les vérifications permettent d'assurer que le rendement du Premier Moteur n'a pas diminué. Ce n'est donc pas à la source que l'énergie disparaît. Et c'est là que se trouve notre chance de survie. Car si le Premier Moteur flanchait, c'en serait fait de la Cité.

«Cependant, nous perdons une quantité dangereuse de courant par des fuites encore inconnues. Et si ces fuites continuent ou augmentent, comme nos rapports semblent l'indiquer, nous atteindrons le niveau critique et le Premier Moteur, trop surchargé, cessera de se renouveler. C'est d'ailleurs pour le ménager que nous avons avancé le coupe-jour. Si la situation ne s'améliore pas, il faudra fermer plusieurs usines, rationner l'électricité et réduire les heures de service de l'express.

«Rien ne nous assure que cette situation sera temporaire et rien ne nous assure non plus que notre perte de courant n'ira pas en augmentant. Plusieurs d'entre vous y voient une conséquence du tremblement de terre récent. C'est possible, et même fort probable, bien que ce soit la première fois qu'un séisme ait eu ces répercussions dans toute l'histoire de Surréal.

«J'ai étudié tous vos rapports, messieurs, et les relevés des détecteurs-robots. Cela m'a permis d'écarter les section Sud et Est. Il reste la section Nord et la partie Ouest que Bernard n'a pas encore explorée»

A ce moment, un messager présente à l'ingénieur le dernier rapport du Cerveau électronique de la Centrale.

Le chef en prend connaissance et son front devient soucieux.

— Messieurs, je vois ici que l'ampérage a encore diminué d'une manière légère, mais nette, depuis le relevé d'hier à la même heure. Il faut agir vite.

Il pose sa main sur l'épaule de Bernard.

— Tu es notre dernier espoir. A toi de trouver quelque chose.

Le petit garçon se redresse et fait un signe de tête, trop ému pour répondre. Le chef de la section Ouest, qu'il doit explorer aujourd'hui, s'approche à son tour et lui indique sur la carte la marche à suivre, puis il lui remet un plan où un trait rouge indique son itinéraire. Quelqu'un ajuste à son poignet la lampe témoin qui doit s'allumer pour signaler la moindre fuite d'électricité ou de radiation. L'opérateur du radar s'installe à son poste et plaisante pour le rassurer:

— N'essaie pas de te sauver, mon vieux. Je ne te perdrai pas de vue un instant.

Le spécialiste en radio vérifie avec lui le fonctionnement du poste émetteur et récepteur minuscule installé dans son masque pour plus de commodité et Bernard enfile sur sa tête le léger appareil transparent. Fixées le long de la courroie qui entoure sa tête, les capsules d'air lui assurent six heures d'oxygène et dans sa poche il a des réserves pour quatre heures supplémentaires.

— Test, un, deux, trois. — Sa voix est un peu altérée, car il lui faut toujours quelques secondes pour s'habituer à respirer dans un sac.

De sa cabine vitrée dans le mur, le jeune technicien qui assurera le relais et l'enregistrement de ses commentaires lui fait signe de la main et répond:

— Réception parfaite. Et de ton côté, tu me reçois? Test, un, deux, trois.

— Ta conversation n'est pas très originale, le taquine Bernard en se dirigeant vers l'orifice du tuyau principal.

— Alors puisque tu es si éloquent, dis quelque

chose pour que j'ajuste le son.

Il tourne une clef afin que les remarques du garçon au cours de ses recherches soient entendues de tous. La voix de Bernard résonne dans le haut-parleur de la grande salle.

— J'ai la tête vide. Tu me donnes le trac.

Tout le monde rit, heureux de cette détente. Georges 6 B 12, plus ému qu'il ne veut le laisser paraître, serre la main de son fils. Mieux que les autres, il devine l'effort que fait Bernard pour se replonger dans ces conduits étroits et sans air où des dangers inconnus le menacent en dépit de toutes les précautions: électrocution, radioactivité, ou quoi encore de plus mystérieux?

Le petit garçon, qui en est à son sixième jour d'exploration, n'avait encore jamais éprouvé cette sensation d'angoisse et de responsabilité. Jusqu'à ce jour, son père avait réussi, sans lui en cacher les dangers, à ne pas trop insister sur l'importance vitale de sa mission.

Comme il avait expliqué à sa femme: «C'est un poids bien lourd à mettre sur les épaules d'un enfant. Tant qu'il ne se doutera pas trop que la vie d'un peuple dépend de lui, il gardera son esprit libre pour faire face aux problèmes».

Et la pauvre maman angoissée avait vu chaque jour son grand garçon partir insouciant pour la belle aventure.

Aujourd'hui, la partie de plaisir a le goût amer de la réalité. Devant tous ces spectateurs, il est facile de crâner. C'est lorsqu'il se retrouvera seul, tantôt, que Bernard connaîtra la vraie mesure de son courage et la perspective lui fait un peu peur.

Saura-t-il faire honneur à son père et justifier la confiance des ingénieurs?

Dans le mur, à trois pieds du sol, sous des panneaux de contrôle compliqués sont disposées les portes rondes qui ferment les six orifices des conduits principaux. Epaisses comme des parois de coffre-fort, elles assurent la fermeture hermétique et empêchent la poussière de pénétrer dans les conduits. Elles servent aussi à isoler chaque section en cas d'ennuis dus à l'électricité ou à des radiations.

La porte 5 glisse silencieusement sur ses gonds, révélant un tuyau argenté, parfaitement rond, de deux pieds de diamètre, et qui s'étend à perte de vue.

Le long de sa partie supérieure court un câble isolant, gros comme le bras, où des fils à haute tension flottent dans une huile protectrice. C'est de ce câble qu'on attend la défectuosité que Bernard doit repérer.

Un dernier salut et Bernard, par un souple rétablissement, s'introduit à plat ventre dans l'étroit tuyau. On glisse derrière lui un sac en forme de saucisson qui contient son matériel d'exploration. Il en fixe la longue courroie à une boucle de sa ceinture. Comme un remorqueur tirant une barge, le voilà en route.

Vingt pieds plus loin, un angle droit lui cache le dernier rayon de lumière qui le gardait en communication avec les hommes. Il avance rapidement à quatre pattes, la tête penchée, pendant la première partie du trajet qui lui est familière et où il retrouve les indications à la craie laissées lors de son dernier passage.

Comme chaque fois, à ce moment, il doit s'arrêter et, par un effort conscient de sa volonté, dominer la panique qui le menace. L'exiguïté du conduit, l'impossibilité de faire demi-tour, ce câble porteur de mort au-dessus de sa tête, le silence écrasant, tout contribue à lui donner l'impression qu'il étouffe.

C'est toujours une minute affreuse et seul son père en a deviné l'angoisse. Mais Bernard est un gars courageux et, froidement, il se raisonne. Ensuite, comme chaque jour aussi, l'esprit de la chasse s'empare de lui. Trouvera-t-il quelque chose d'insolite? Au prochain tournant? Saura-t-il le reconnaître?

Calmé maintenant, il reprend sa route.

— Allo Centrale. Voici ma dernière flèche vers la droite. Je continue pour entrer dans la section 53. Tout est normal. Cinq minutes plus tard il annonce:

— Je descends au niveau 4. Je vais essayer la fameuse échelle de monsieur 9 M 16.

Cet ingénieur et Bernard ont en effet trouvé une solution au problème de dénivellement lorsqu'un conduit descend brusquement à angle droit jusqu'à une autre branche dix pieds plus bas. Le câble électrique se divise lui aussi, une moitié continuant dans le tunnel horizontal, l'autre plongeant dans le trou d'où il rayonne à chaque palier. Sur le métal poli des tuyaux, aucune prise n'est possible; alors ils ont imaginé deux barres de métal vissées l'une dans l'autre et terminées à chaque bout par un caoutchouc synthétique adhérent. En coinçant cette vis horizontalement dans la partie la plus large du tuyau, Bernard obtient un appui solide où il accroche une échelle de corde.

Toute cette opération demande des manœuvres compliquées. Il doit se coucher sur le dos, tirer à lui ce qu'il a baptisé son «saucisson de voyage», en extraire la barre transversale et l'installer au-dessus de lui, puis retirer l'échelle, la fixer par des crochets solides et la lancer dans le vide par-dessus sa tête.

— Ça y est. Je descends. Souhaitons que ça tienne.

Là-bas, à la Centrale, chacun retient son souffle. C'est la première fois que leur émissaire doit changer de niveau. Son père a le cœur serré. S'il fallait que Bernard se casse une jambe et reste en détresse hors de portée!

Le petit garçon étend les bras par-dessus sa tête, agrippe un échelon puis, s'arc-boutant de ses pieds, il recule peu à peu au-dessus du vide. Il est presque plié en deux et seule sa souplesse lui permet de libérer ses jambes et de glisser les pieds les premiers dans le conduit vertical profond d'une cinquantaine de pieds.

A la première galerie, il s'arrête et, s'introduisant à moitié dans le nouvel orifice, il fait pression solidement avec ses pieds contre la paroi et tire à lui son fidèle saucisson qui le rejoint dans un plongeon violent. L'échelle et le garçon résistent au choc, et les auditeurs de la Centrale l'apprennent avec un soupir de soulagement.

Toujours rampant, Bernard reprend son interminable randonnée. Tous les trois pieds, il se tourne sur le dos et vérifie avec soin le câble du plafond. Il marque son passage à la craie. Il garde toujours un œil sur le bracelet indicateur qui lui signalera la moindre fuite.

Sa combinaison isolante protège ses genoux et son dos, mais ses mains doivent être nues pour percevoir immédiatement le plus petit changement dans la température du métal.

Régulièrement, il continue son rapport monotone:

— Section 55. Rien à signaler... Section 57. Ici, dois-je tourner à gauche ou continuer? J'attends vos instructions.

Une lecture rapide au cadran du radar, une vérification du plan général et son père le guide au microphone.

— Ligne droite pendant encore trente pieds, puis nouvelle dénivellation et, dix pieds plus bas, reviens vers le sud puis tourne à droite.

Les heures passent, interminables. Bernard glisse rapidement sous son masque une capsule repas et trois petits globes qui éclatent sous ses dents avec une sensation de fraîcheur et le désaltèrent.

— Bernard, écoute bien. Encore un quart d'heure et, à la prochaine intersection où tu pourras tourner, tu reviendras. Ce sera assez pour aujourd'hui. Personne ne peut faire plus.

Les ingénieurs qui assistent impuissants aux efforts du petit garçon hochent la tête. La fumée dense des cigarettes-éterna qu'ils fument nerveusement témoigne de la tension qui règne.

La voix de Bernard leur parvient, affaiblie par la fatigue et la distance à travers un métal isolant que même les ondes ont peine à traverser.

— Je viens de renouveler mes capsules d'air. J'en ai pour encore cinq heures. J'aimerais continuer pendant une heure au moins. Le retour sera facile. Mes échelles sont en place.

Une brève consultation a lieu, à laquelle prend part un médecin qui ne s'est pas montré avant le départ de Bernard pour ne pas l'inquiéter. Notre explorateur ne sait pas que sa combinaison isolante cache des appareils minuscules qui transmettent les battements de son cœur et sa pression sanguine. Après une lecture rapide de ces instruments, le médecin accorde d'un signe de tête l'heure supplémentaire.

— Il est robuste et a les nerfs solides. Il ne faut pas attaquer son moral. C'est sa meilleure arme.

Les rapports continuent donc à arriver fidèlement.

— Section 67. Rien à signaler... Section 72. Je tourne à gauche.

Les ingénieurs qui se sont absentés pour leur repas de famille reviennent un à un se grouper en silence autour du radar et du micro. Ils s'esquiveront à la dernière minute, pour ne pas impressionner le petit chercheur par leur présence trop nombreuse.

— Section 85. Rien à signaler... 87... 89... Toujours rien. Je tourne à gauche. Le tube semble très long. Tout est normal.

Georges 6 B 12 passe le micro à l'ingénieur en chef. Ils doivent se relayer souvent à ce poste de commande, car la tension est grande et on ne peut se permettre la moindre erreur.

Soudain, un cri de douleur les fait bondir, le

cœur battant.

Le père arrache le micro des mains de son chef.

— Bernard, Bernard, qu'y a-t-il? Bernard, parle!

Une voix haletante leur répond.

— Je me suis coupé. Ce n'est rien. Un éclat de métal, je crois.

Chacun regarde son voisin. Un éclat de métal dans ces conduits absolument lisses?

A son tour, sans cérémonie, le médecin s'empare du micro.

— Où t'es-tu coupé? Saignes-tu beaucoup? Réponds vite.

S'il fait une hémorragie, il s'agit de l'aider avant qu'il ne s'évanouisse.

La réponse se fait un peu attendre. Son père croit mourir dix fois dans l'intervalle.

— C'est ma main. Près du pouce. Il y a beaucoup de sang.

A sa voix étonnée, on devine que le blessé est très impressionné.

Le médecin parle avec autorité:

— Dans ta poche de droite, tu as un nécessaire de secours. Ouvre-le. Il y a un tube vert. Coupes-en le bout avec tes dents et vide-le sur la plaie. Tu ne sentiras plus la douleur et le sang va s'arrêter. Me suis-tu?

— Oui, j'ai le tube. Je salis toute ma combinaison avec ce sang. Est-ce que ça se lave?

Un sourire de soulagement déride les auditeurs crispés. Un mourant ne s'arrêterait pas à ces détails.

— Voilà. J'ai mis l'onguent. Ouf! J'aime mieux ça. Je ne sens plus ma main.

Mais l'ingénieur en chef a le premier retrouvé son calme. Il reprend délicatement le micro que le médecin serre encore dans ses doigt contractés.

— Bernard, regarde bien autour de toi. Décris-moi l'éclat de métal qui t'a blessé.

— Bien Chef. C'est un morceau d'acier tordu qui sort de la paroi à droite. Oh!

La nouvelle exclamation qui lui a échappé fait sursauter tout le monde.

— Chef! Papa! Le câble! Le câble!

Le pauvre petit semble incapable d'en dire davantage. Un gémissement de peur lui échappe.

A son tour, son père bondit sur le micro.

— Bernard, je suis là. N'aie pas peur. Que vois-tu? Parle, pour l'amour du Premier Moteur.

La réponse leur parvient dans un souffle. «Papa, le câble a été sectionné et un nouveau fil y est branché. Ce fil perce le tuyau à hauteur du plafond. Il semble s'enfoncer dans la paroi du conduit.»

L'ingénieur en chef se penche sur l'appareil émetteur.

— Bernard. Sois calme. Tu as trouvé notre fuite. C'est magnifique! Maintenant regarde autour de toi et décris-nous tout ce qui te semble insolite.

D'une petite voix lointaine, l'enfant courageux reprend son rapport. «Lorsque je touche le mur où le fil disparaît il me semble plus froid. Et il rend un son creux, comme s'il y avait un vide derrière. Et... je vois une grande ligne d'un métal différent, comme si on avait découpé un carré dans le conduit puis on l'avait ressoudé. Il y a plusieurs éclats d'acier qui dépassent. Je vais voir plus loin».

— Attention, lui crie son père, ne déchire pas ta

combinaison isolante.

Quelques secondes d'un silence lourd. Puis Bernard reprend.

— Rien plus loin. Dans la section suivante, tout est normal.

Le Chef poursuit son enquête. «Est-ce que ta lampe-pilote s'est allumée? Y a-t-il une fuite?»

— Non, monsieur. Seulement un raccordement branché au câble. Ça semble être du bon travail.

Les ingénieurs échangent un regard amusé devant cette opinion d'un expert.

Sur un signe du médecin, le père de Bernard reprend la parole.

— Reviens maintenant. Laisse ton sac au premier tube vertical. Tu en as assez fait pour aujourd'hui.

— Oui, Bernard, conclut le Chef, dont les problèmes commencent avec les découvertes du garçon, reviens. Nous t'attendons.

Une heure plus tard, un petit gars ensanglanté et à demi évanoui d'émotion et de fatigue était retiré de l'orifice 5 par des ingénieurs émus qui pleuraient sans honte.

Et c'est dans les bras de son père, comme Eric à ses heures de jeu, que Bernard arrive à sa demeure, profondément endormi par une piqûre calmante et la main enveloppée d'un superbe bandage.

Il ne s'aperçoit même pas que sa mère le borde et couvre de baisers sa figure pâle mais souriante de héros victorieux.

8

Paul au lac Noir

Au moment même où son ami Bernard entreprenait ses recherches dans les conduits de la Centrale électrique, Paul arrivait avec ses camarades au terminus-nord de l'express.

L'endroit est presque désert par ce jour de semaine. Le groupe se divise en deux. Plusieurs s'engagent vers la droite dans un couloir descendant qui conduit aux cavernes calcaires où les forêts de stalagmites et de stalactites se prêtent à des parties de cache-cache passionnantes. Les bains dans les sources thermales qui jaillissent de ce côté attirent plusieurs amateurs de sport facile.

Paul et deux de ses confrères préfèrent les eaux glaciales du lac Noir et ses Grottes mystérieuses.

— Ma collection de calcites est déjà complétée pour l'examen du quatrième mois, explique Paul.

— Vous êtes des sybarites, avec vos bains chauds, lancent ses camarades à l'autre groupe qui s'enfonce sous la voûte où leurs voix amplifiées résonnent bruyamment.

Les trois étudiants déambulent, tout en bavardant, dans une interminable galerie qui était à l'origine l'étroit couloir où avaient rampé les premiers explorateurs du monde souterrain.

On l'a élargi et éclairé très discrètement tout en lui gardant son caractère premier de tunnel percé à même le roc.

La découverte des cavernes, assez récente, ne remonte qu'à deux cents ans. Elle a complètement changé la vie des Surréalais, fournissant un apport de la nature à une existence jusqu'alors complètement artificielle.

Les premiers habitants de la Cité soupçonnaient déjà la présence de grottes souterraines, mais ce n'est qu'après des années de forage pour élargir la ville qu'on avait mis à jour le chapelet de cavernes qui s'enfonçait à des profondeurs inouïes.

La spéléologie était devenue le sport national. L'ingéniosité et la nécessité avaient contribué à trouver un emploi pratique pour chaque nouveau minerai.

Les dépôts miniers, exploités avec sagesse, fournissaient tous les matériaux utilisés dans Surréal. Très loin sous la terre, on avait découvert une nappe inépuisable de pétrole dont la science moderne tirait non seulement les tissus mais aussi les protéines et les vitamines contenues dans les aliments synthétiques.

Il importait que chaque Surréalais se familiarise très jeune avec les cavernes et les gouffres de sa ville, et la géologie ne devait pas avoir de secrets pour lui. A ce prix seulement, on pourrait tirer de la terre toutes ses ressources.

Paul l'apprenait à ses dépens car le minerai

banal recueilli sans effort et qu'il avait offert à son professeur n'avait trompé personne. Le jeune étudiant, zélé pour ses matières préférées, devait comprendre que le vrai mérite se cache bien plus dans le devoir ennuyeux que dans la tâche passionnante.

Les trois camarades débouchent enfin dans un vestibule rocheux où un œil magique habilement dissimulé dans la paroi enregistre les ondes de leur bracelet matricule.

Au retour, l'instrument annulera leur fiche, laissant aux gardes-cavernes le soin de rechercher les retardataires dont l'absence ne serait pas motivée. On peut de cette manière secourir rapidement les excursionnistes perdus dans les grottes ou les spéléologues en détresse au fond des gouffres.

De cette salle, ils émergent dans l'immense caverne du lac Noir, et le spectacle, pourtant familier depuis leur enfance, les laisse muets d'admiration.

L'ampleur de la grotte trouble toujours ces habitués des espaces clos. La voûte surélevée s'élance comme une nef de cathédrale, festonnée par des guirlandes de stalactites immaculées.

Un éclairage de rayons solaires artificiels, si habile qu'on ne saurait dire d'où il vient, baigne ce palais des mille et une nuits. Les murailles sont des falaises verticales également blanches où miroitent des cristaux scintillants. Le sol de la caverne, recouvert d'un sable rosé très fin, descend en pente douce jusqu'au lac dont les eaux limpides et profondes reflètent le fond d'un noir d'encre. De cette surface sombre, polie comme un miroir, jaillit au centre une cascade pétrifiée dont la colonne blanche étincelante rejoint la voûte.

Dans ce paysage enchanteur, les Surréalais viennent chercher détente et repos. Par un phénomène acoustique, les sons s'étouffent dans cette grotte immense et, quel que soit le nombre des visiteurs, un silence reposant y règne toujours.

Les gardiens de natation, jeunes athlètes bronzés par leur longue exposition aux rayons artificiels, patrouillent la plage, aujourd'hui presque déserte. Leur présence n'y est d'ailleurs pas tellement nécessaire, car dès leur plus jeune âge les enfants de la Cité apprennent à nager dans les piscines publiques.

Paul et ses amis déposent leur havresac sur le sable, enlèvent leur tunique sous laquelle ils portent toujours un maillot blanc et courent vers le lac où ils plongent chacun à son tour, fendant l'eau comme des couteaux sans la faire jaillir.

Après une course aller-retour jusqu'à la cascade, les trois garçons se jettent sur le sable chaud. Les minutes s'écoulent, paresseuses, dans la confortable euphorie que l'on ressent toujours, couché sur une plage, ne faisant qu'un avec le sol, conscient de la brûlure du soleil, la tête vide.

— On y va? s'exclame un énergique en sautant sur ses pieds.

— A la grotte des Quartz! clame le second en ramassant son sac.

— Comment, vous n'allez pas plus loin? Paul n'avait pas songé à cette alternative.

— Certainement pas. J'en ai pour l'après-midi à photographier mes vingt formations de cristaux pour l'examen du trimestre.

— Et moi, je dois compléter ma collection de

coraux pour demain. – Les deux amis sont désolés. Avec l'insouciance de leur âge, aucun des étudiants n'a pensé à s'informer du but des autres et Paul se retrouve seul pour chercher le spécimen de géologie dont il a un pressant besoin.

Or, la première loi du spéléologue de classe intermédiaire prescrit qu'aucune exploration solitaire ne doit être entreprise avant l'obtention du brevet «senior». Voilà notre ami bien déçu. Il en sera quitte pour revenir un autre jour.

Ses camarades s'éloignent, le laissant seul avec son sac. Autant profiter de cette solitude pour préparer le plan de son discours pour le Réseau Général de la radio-vision.

Le jeune orateur cherche son inspiration dans les ondes froides du lac Noir. Juché sur la cascade pétrifiée, il prépare mentalement, avec de grands gestes, des phrases éloquentes, lorsqu'une masse confuse le frôle et disparaît à ses pieds dans un éclaboussement glacé.

De saisissement, Paul perd l'équilibre et se retrouve à dix pieds sous l'eau, l'inspiration et le souffle coupés.

Une ombre claire se dessine sur le fond sombre, et il la voit disparaître sous l'arcade naturelle creusée dans l'énorme stalactite. Ce pont sous-marin a été baptisé le «Trou de Longue Haleine» par des générations de collégiens et seuls osent s'y risquer les nageurs experts.

Le naufragé remonte à la surface et, dès qu'il en trouve la force, il se lance à la nage autour de la cascade afin de confronter son agresseur dès sa sortie de l'eau.

Le seul être en vue est un gamin aux yeux bleus qui flotte paresseusement sur l'onde noire. Paul, furieux, s'inquiète cependant de ne pas voir surgir le nageur téméraire.

Il plonge jusqu'à l'orifice du tunnel sans toutefois s'y aventurer, d'abord parce qu'il est encore trop essoufflé et ensuite parce qu'il ne s'est jamais trouvé suffisamment entraîné pour tenter de le traverser.

Dans le rocher blanc, le trou sombre ne révèle aucune présence. Paul émerge de nouveau et se trouve nez à nez avec un des gardiens qui nage rapidement, ayant vu deux personnes plonger et une seule revenir à la surface.

— Il est ressorti? demande-t-il anxieusement.

— Non. Je ne le vois nulle part.

— Vous cherchez quelqu'un? Le petit garçon s'est approché, très intéressé.

— Oui, celui qui vient de plonger dans le Trou.

— Alors c'est moi, avoue candidement le coupable.

— Toi? fait Paul, incrédule.

— Mais oui, je passe souvent dans le tunnel avec mon père.

— Eh bien! s'exclame le gardien, qui n'a pas goûté la plaisanterie, tu n'es pas avec ton père aujourd'hui et c'est moi qui suis responsable des baigneurs. Je te conseille de ne plus recommencer ce petit jeu sans être accompagné. Mon cœur ne le supportera pas deux fois.

— Bon, je ne le ferai plus, promet Eric, assez satisfait du résultat inespéré de son exhibition. Le gardien s'éloigne à grandes brassées et les deux garçons escaladent le rocher et s'installent dans une anfractuosité.

— Tu m'as fait peur, admet Paul, et deux fois en cinq minutes c'est un record.

— Deux fois? Eric n'a vu que la tentative de sauvetage.

— Quand tu m'as jeté à l'eau, avec ton saut de la mort et quand je t'ai cru noyé.

— Moi, je t'ai jeté à l'eau? Oh! excuse-moi, Paul, je voulais seulement t'épater.

— Tu as réussi, mon vieux. Tu es vraiment fort pour ton âge. Je n'ai pas encore osé la traversée du Trou.

— C'est papa qui a découvert que j'avais un souffle très puissant, explique modestement le petit garçon, répétant au hasard la formule employée par les adultes.

— Une longue haleine, quoi, plaisante Paul. Mais dis donc, tu connais mon nom?

— Tout le monde te connaît au collège. Tu es capitaine de quart et champion oratoire. Il décline ces titres avec un respect flatteur. Malheureusement il gâte son effet en ajoutant:

— De plus, tu es le frère de Luc, mon meilleur ami.

Devant l'air vague de Paul, pour qui le menu fretin des petits camarades de Luc est une bande anonyme et bruyante, il ajoute:

— Je m'appelle Eric 6 B 12. Le petit semble visiblement fier de causer avec l'illustre orateur, et Paul se dit que voilà certainement un jeune plein de discernement; il se promet de féliciter son frère sur le choix de ses amis.

— Je suis aussi le frère de Bernard, qui joue avec tes Rouges.

— Je ne t'en félicite pas. Il a des goûts barbares pour les douches glacées et l'air brûlant.

— Toi aussi, tu y as goûté? leur épreuve commune les rapproche.

— Tu es venu seul? s'étonne l'aîné.

— Non, maman lit sur la plage. Elle m'amène souvent ici, ses jours de congé.

Soudain, Paul a une idée lumineuse.

— Crois-tu que ta mère te laisserait m'accompagner dans une expédition de spéléologie? Nous avons encore trois heures et il me faut absolument un spécimen rare.

Eric accepte avec empressement et les deux garçons plongent et nagent vers la berge où madame 6 B 12 se repose, pas du tout inquiète de son poisson d'Eric.

Avec toute la déférence due à son rang d'aîné, Paul est présenté à la jeune femme, à qui il plaît immédiatement par son sérieux et sa courtoisie.

Une à une ses objections logiques tombent devant les arguments de l'adolescent.

Eric n'a pas d'équipement? On en empruntera un à la station d'enregistrement située à l'entrée des grottes profondes et dont le surveillant est un ami de Paul.

L'heure tardive? L'expédition sera courte. Le jeune homme sait exactement ce qu'il cherche et où le trouver.

Eric est un novice en spéléologie? Paul, par son classement d'intermédiaire, est qualifié pour l'initier aux mystères de cet art difficile.

Devant les yeux brillants de son cadet, madame 6 B 12 capitule de bonne grâce et recommande à Paul:

— Prenez-en bien soin. Je vous le confie. Je vais même en profiter pour arrêter à l'audiothèque et faire des recherches. Ramenez-le à la demeure pour le repas du soir. Et toi Eric, n'oublie pas ton sac de classe. Je le laisse ici avec ta tunique. Ne faites pas d'imprudence.

Comme toutes les femmes de Surréal, elle s'est livrée souvent à ces escalades souterraines et n'éprouve pas à cette perspective des inquiétudes de mère-poule.

9

Eric et Paul, spéléologues

Une demi-heure plus tard, nous retrouvons Paul et Eric dans une galerie qui s'enfonce en pente raide vers les entrailles de la terre. L'aîné, chargé de son lourd havresac, ouvre la marche et le plus jeune le suit, d'un pas moins sûr mais décidé. Il porte un léger canot pneumatique et deux avirons de bois, prêtés généreusement par l'ami-surveillant.

Ils progressent rapidement, suivant un itinéraire que Paul connaît bien. Ils contournent une crevasse profonde d'où mugit un torrent souterrain.

Paul indique le fond du gouffre:

— C'est toujours notre point de départ dans les excursions que nous faisons avec mon père.

En effet, le Docteur 15 P 9 amène souvent ses fils dans des expéditions de camping à travers les dédales souterrains et ces derniers sont devenus experts dans la manœuvre des bateaux à fond plat qui conviennent à cette étrange navigation. Rien ne rapproche tant le père et ses deux fils que ces longues randonnées dans le monde féerique des cavernes où des rivières noires glissent sans un clapotis entre les parois éclairées un instant par l'œil lumineux des lampes. Quelquefois les frêles embarcations sont emportées comme des fétus par le courant rapide qui annonce l'approche d'un torrent. Les dangers sont d'ailleurs signalés par une croix blanche sur la paroi et ces avertissements marquent seuls le passage de l'homme dans ces abîmes obscurs dont chacun aime se croire le découvreur.

Pour ne rien enlever à l'imprévu de ces pérégrinations répétées depuis des générations, aucune carte officielle n'a jamais été émise et c'est à la boussole et à l'altimètre que chaque voyageur retrouve son chemin ou guide ses amis. Et, par un accord tacite, personne ne répond jamais: «je sais, j'y suis allé», aux descriptions enthousiastes des explorateurs néophytes.

Lorsque le hasard de leur course les fait déboucher brusquement dans la Prairie Fantôme, Paul, familier de l'endroit, écoute amusé les exclamations de son jeune ami.

Devant leurs yeux se déroule une longue grotte au sol couvert d'une incroyable végétation dont chaque herbe, chaque brin est blanc ou translucide. Un courant d'air fait frissonner ces pousses albinos et un ruisselet qui gazouille complète ce paysage champêtre où nul oiseau jamais ne chantera.

— Paul! Paul! D'où viennent ces plantes?

— Ce sont des débris de gazon et de racines qui furent charriés de la surface il y a des siècles par les torrents et qui ont germé ici.

— Mais ma préhistoire décrit seulement des plantes vertes.

— A leur lieu d'origine, elles devaient l'être. Mais elles ont poussé dans l'obscurité et c'est le soleil qui donne la chlorophyle aux plantes.

— Si elles viennent de l'extérieur, ne sont-elles pas dangereuses?

Eric partage la méfiance innée de sa race pour tout ce qui a respiré l'air empoisonné.

— Tu penses bien qu'on a vérifié avant de laisser quiconque s'approcher. On dit même que les premiers découvreurs de la Prairie Fantôme ont eu une fière peur. Ils se sont crus atteints par des radiations et se préparaient à ne jamais retourner à la Cité pour éviter de contaminer les autres.

Le petit garçon frissonne à cette perspective d'une mort aussi solitaire qu'héroïque.

— D'ailleurs, continue Paul, en l'arrachant à sa contemplation, on a eu le même problème avec chaque nouveau torrent.

Tout en parlant, ils se sont engagés dans un passage étroit. Le plafond de plus en plus bas les force bientôt à ramper, poussant devant eux sac et canot. Ils avancent dans une argile molle et le contact humide de la glaise déplaît à Eric qui n'ose trop le dire. Il n'est pas rassuré non plus et le devient encore moins quand son guide, dont il ne voit que les semelles, disparaît soudain devant ses yeux épouvantés.

— Paul, Paul. Tu es là? — Il l'imagine déjà mort, écrasé dans quelque abîme sans fond et se demande avec quel ménagement il annoncera la nouvelle à Luc: «Ton frère ne sera jamais un grand orateur.» Non, ça ne sonne pas juste... Alors: «Ton frère l'orateur ne sera jamais grand...»

Le jeune artiste à l'imagination trop vive est rappelé à la réalité par une voix étouffée.

— Tu me suis, oui ou non?

La lampe du disparu surgit juste devant le nez d'Eric. Elle flotte au-dessus d'un corps invisible et les rayons lumineux se croisent en un duel rapide. Eric hurle de terreur. On ne voit de Paul que deux yeux blancs dans un visage noir. Il a plongé tête première dans un trou peu profond dont il connaissait l'existence et, peu habitué à penser aux autres, il n'a pas cru devoir en informer son pupille. De le voir apparaître mué en bonhomme de glaise a épouvanté Eric, même s'il attendait un fantôme.

Paul rit de toutes ses dents blanches dans sa face de nègre.

— Allons, suis-moi. Dans une minute, tu ne seras pas plus beau.

Hésitant, le petit garçon glisse à son tour sur la pente raide et atterrit rudement, le nez dans la boue. D'une main ferme, son guide impitoyable le remet sur pied et dirige sa lampe vers un trou qui s'ouvre dans le sol et d'où émerge le glougloutement d'un cours d'eau.

— Ici, je vais te descendre avec une corde. Je te lancerai le canot. Tu le gonfleras en tirant sur cet anneau. Tu t'y installeras et quand tu seras prêt, siffle deux fois. Je descendrai avec le sac.

Tout en parlant, Paul a tiré de son sac un rouleau de corde lisse. En un tournemain, il l'a fixée à une colonne stalagmite et a fait une boucle au bout qu'il lance dans la direction de la cavité sombre dont Eric n'ose même pas s'approcher. Tout à son affaire, l'aîné, habitué aux hardiesses de son petit frère qui l'a toujours suivi sans question, ne remarque pas la réticence de son invité.

Eric a un orgueil aussi fort que son imagination, ce qui a toujours compliqué sa vie et ne la lui facilite pas en ce moment. Il entrevoit du même regard impartial l'humiliation d'un recul et son écrasement au fond du gouffre. Mort pour mort, il préfère mourir dans la gloire que périr de honte.

Il agrippe la corde, ferme les yeux et, prenant à peine le temps de placer son pied dans la boucle, il se lance dans le vide.

Paul, pris par surprise, s'arc-boute et laisse filer le câble entre ses doigts experts.

— Diable, tu n'as peur de rien, toi. Tu y vas vite. Ses félicitations rendent la raison au héros qui se retrouve les pieds dans l'eau avant d'avoir dit ouf.

Le guide amarre la corde au rocher et lance le canot à Eric qui, peu habile, le reçoit sur la tête et passe à un cheveu de tout lâcher et de plonger dans le torrent.

— Ça y est? demande anxieusement Paul dont on voit la lumière quinze pieds plus haut.

— Attend. — Eric, balancé comme une araignée au bout de son fil, les chevilles happées par le courant glacé, se débat comme un beau diable et, après des secousses inquiétantes imprimées à la corde, il réussit à gonfler le canot pneumatique au fond caoutchouté. Il s'y assoit avec un soupir de soulagement. Il s'agit de siffler deux fois et c'est à ce moment seulement que le petit garçon se rend compte de l'étendue de son malheur. Il ne sait pas siffler! Devant les trilles d'oiseau de son frère Bernard, il ne peut que produire un... pfuitt... sans force.

Il s'y essaie en vain et Paul impatient se penche dans le vide. Le voyant installé, sans attendre davantage le signal, il glisse comme un singe le long du câble, son lourd sac aux épaules et les palettes de bois en dépassant comme des ailes.

En un clin d'œil, le voilà installé et, passant une rame à Eric, qui ne sait qu'en faire, il dirige habilement l'embarcation dans le courant rapide. Derrière eux, seul lien avec l'humanité, la corde se balance dans le vide.

Eric se demande de plus en plus s'il aime la spéléologie. Bientôt, cependant, la nouveauté de l'expérience éveille son esprit curieux et cette navigation dans les enfers se révèle pleine de charme. Ils traversent des cavernes submergées où les stalactites rejoignent les stalagmites en une colonnade de cathédrale.

Le bruit d'une cascade s'amplifie sous la voûte basse et son mugissement se rapproche, pendant qu'une buée rafraîchissante fait danser dans le rayon de lumière un arc-en-ciel de gouttelettes.

— Attention! Paul s'époumone et gesticule, mais Eric n'entend rien dans le tonnerre qui l'assourdit. Avant de comprendre ce qui arrive, il se sent balayé par une trombe d'air et écrasé sous le poids d'un torrent glacé. Oppressé, les épaules courbées, il a l'impression que jamais plus il ne respirera.

En nageur expert, il se prépare à s'enfoncer plus

profondément pour émerger loin de cet assommoir meurtrier, lorsque miraculeusement il se retrouve de l'autre côté du rideau liquide. A sa grande surprise, il constate qu'il est encore assis dans le canot que Paul conduit délibérément vers une ouverture sombre qu'on devine sous la voûte basse.

Le silence soudain et inexplicable emplit les oreilles autant que le tonnerre de l'eau tantôt.

Devant la mine déconfite d'Eric, Paul ne peut s'empêcher de rire.

— Je regrette. J'avais oublié de te prévenir. De toute façon, je te devais bien cela pour ton plongeon traître au lac Noir.

— En tout cas, nous voilà lavés. Eric est sans rancune et leur combinaison imperméable les garde bien au sec.

— Nous y sommes. Le jeune homme amarre le canot à l'orifice d'une nouvelle galerie où il s'avance rapidement suivi par Eric qui, comme avec Luc à l'air libre, ne tient pas à être abandonné.

— J'espère que le prof sera content, cette fois, grommelle l'étudiant en détachant avec son piolet un échantillon de pyrite de cuivre d'une veine qui court dans la paroi. Il voulait quelque chose de rare.

— Vas-tu être le seul à présenter ce spécimen? Eric, crédule, est prêt à l'admiration.

La franchise de Paul ne lui permet pas cette supercherie.

— Non, au moins la moitié de la classe aura trouvé de la chalcopyrite; mais, ajoute-t-il, devant la mine désappointée de son assistant, personne d'autre ne l'aura recueillie sous la chute. Maintenant, revenons vite. Il faut être à nos demeures avant le coupe-jour.

Le retour s'effectue rapidement. Eric ose même ne se tenir que d'une main pendant que Paul le hale avec la corde. Et le guide connaît un chemin plus long, mais moins vaseux, par où ils émergent directement dans la caverne du lac Noir.

Ils remettent le canot, les avirons et le costume d'Eric au surveillant des expéditions qui se charge de rapporter au collège le lourd équipement de Paul. Ce dernier garde dans la main son précieux échantillon, dont il ne veut pas se séparer. Puis, traversant le lac à la nage pour compléter leur toilette, ils abordent à l'endroit où leurs tuniques, les trousses de secours et le sac de classe d'Eric attendent leurs propriétaires.

Le vol est chose inconnue dans cette communauté où chacun a les mêmes possessions que son voisin.

Au pas de course, les deux nouveaux camarades passent devant l'œil magique, lui donnant à peine le temps d'enregistrer leur plaque matricule. Ils bondissent dans un wagon de l'express et se laissent tomber sur un banc, hors d'haleine et contents de leur après-midi.

En voulant fixer son sac à ses épaules, Eric, toujours distrait, oublie qu'il ne l'a pas bien fermé et une pluie de papiers s'en échappe. A quatre pattes pour l'aider à les ramasser, Paul est intrigué par ces feuilles blanches couvertes de caractères dans un monde où si peu de gens prennent encore le temps d'écrire.

— Qu'est-ce que tout ça? Des devoirs? Vous ne travaillez pas au magnétophone?

— Oui, explique le petit garçon, soudain gêné. Ce sont... des poèmes que j'écris pour m'amuser.

Il rassemble ses papiers et les glisse dans son sac.

Paul est visiblement impressionné par la pratique de cet art perdu.

— Tu me permets d'en lire un?

— Si tu veux. Ils ne sont pas très bien. Plus tard peut-être...

A mi-voix, pendant que son petit compagnon intimidé regarde par la fenêtre défiler les trottoirs où la foule se presse, le jeune homme lit:

«Là, tu es là et tu seras là,

Là, je suis là et je ne pourrai jamais

sortir de là.

Là, je suis là,

qui parviendra à me sortir de là?

C'est là que je suis.

Là c'est ici mon tombeau et je resterai là».

— Il est très bien, Eric, ton poème. Je te félicite. Pourrais-tu m'en donner un, en souvenir d'aujourd'hui?

— Tiens, garde celui-ci. Je viens de l'écrire tantôt à la plage. Eric lui glisse un papier dans la main, puis il bondit sur ses pieds.

— Je change d'express ici. Au revoir Paul et merci. Merci beaucoup. Ç'a été une excursion merveilleuse.

L'express s'arrête une seconde et démarre avec un bruit de succion d'air. Par la fenêtre, Paul regarde la petite silhouette qui lui fait signe de la main.

— Drôle de bonhomme. Et, rappelé soudain à ses responsabilités, il ajuste sa montre-radio pour avertir Luc de rentrer pour le repas du soir. Seul, le signal double lui répond. Cela indique bien que le petit frère a·compris, mais, comme il aime s'entourer de mystère, il ne parle pas. Paul hausse les épaules. Luc est encore à l'âge des grands secrets.

Aussitôt rendu à sa demeure, Paul, après un nettoyage bien nécessaire dans la salle de propreté, s'installe dans son fauteuil. En l'absence de son père, c'est lui qui «tient maison». Par un jeu savant de boutons, il prépare la table et commande les pilules du souper. Puis, un revigorant vert et frais à la main, il déplie le bout de papier où Eric a écrit son dernier poème.

«Pour la première fois on a pénétré
Dans ce monde désolé.
Je suis émerveillé
Et Luc aussi.
Pour la première fois on a pénétré
Dans ce monde abandonné.
Pas de soleil qui éblouit,
Seulement de la brume et de la pluie.
Je reviendrai, je l'espère,
Je reviendrai le regarder
Et avec Luc
L'admirer.»

A ce moment, la lampe-pilote signale la présence de Luc dans le vestibule. Paul met le papier dans sa poche et au même instant le visaphone s'illumine. Le Docteur 15 P 9 communique avec ses fils pour leur annoncer que des expériences importantes le retiendront au laboratoire pendant deux jours.

— Il ne faudra pas tenter de communiquer avec

moi, car je serai enfermé dans une chambre noire où aucune lumière et aucun son ne doivent pénétrer. Conduisez-vous comme des hommes. Ce sera votre contribution à l'avancement de la science.

Partagé entre sa famille et ses recherches, le savant doit souvent sacrifier l'une aux autres et c'est à ces moments surtout que l'absence de la mère se ressent. Mais à Surréal, communauté fermée, des enfants peuvent facilement se débrouiller seuls.

Les frères parlent encore quelques minutes avec leur père, lui demandent des conseils et lui font leurs adieux.

Ils avalent rapidement le menu-express et n'ont que le temps de terminer leurs études. Le premier signal du coupe-jour, un clignotement des lumières, les avertit de se mettre au lit.

Paul, en bon chef de famille, va saluer amicalement son petit frère dont il est ce soir le père et la mère.

— Tiens, dit Luc en secouant la trousse d'urgence placée près de son lit, suivant les règlements de sécurité, je t'ai apporté un caillou pour ta géologie. Seulement, tu dois me jurer de ne jamais révéler qui te l'a donné et de ne jamais me demander où je l'ai trouvé.

L'aîné admire l'étrange pierre rouge, très lourde, et s'amuse des airs conspirateurs de son cadet.

— Je te le jure. Et merci beaucoup d'avoir pensé à moi. Bonsoir.

— Attends, Paul! Ne pars pas! Fais-moi le Grand Serment de Surréal.

— Pas le temps, crie Paul, en se sauvant dans son cube-de-nuit à l'instant même où le coupe-jour éteint à la fois toutes les lumières de la Cité, ne laissant que de faibles veilleuses dans les rues.

Le vrombissement des express s'arrête, les trottoirs roulants s'immobilisent et un léger gaz somnifère s'insinue dans tous les cubes-de-nuit, courtoisie du service d'hygiène qui désire assurer à tous ses citoyens obéissants leur treize heures de sommeil obligatoires.

10

Quatre dialogues
d'un jour de congé

— Bernard! Que fais-tu ici, à la Centrale? Je te croyais au lit, blessé.

— Non, Chef, je suis guéri. Je viens de chez le médecin. Il a placé ma main sous ses rayons régénérateurs et il ne me reste plus qu'une cicatrice rose.

— Et tu ne prends pas ton jour de congé avec tes camarades?

— C'est que, Chef, notre travail n'est pas terminé.

— Tu as bien raison. Nous avons passé la nuit à en discuter.

— Je me suis dit que je pourrais être encore utile... Il faudrait savoir ce qui se cache derrière la plaque soudée dans le tuyau.

— Nous y avons bien pensé, mon petit. Nous cherchons le moyen de percer ce mystère. Ton père est en ce moment même avec d'autres savants pour chercher un moyen de voir à travers le métal.

— Mais... et moi? Je ne retournerai pas dans les conduits?

— Nous avons convenu que tu avais déjà fait plus que ce que des hommes peuvent demander à un enfant.

— Chef, c'est à moi que vous avez confié cette mission-là. Papa dit toujours que quand on entreprend une tâche, on doit la terminer.

— Mon petit, ton père lui-même ne voudrait pas que tu retournes dans les conduits.

— Je suis certain que papa ne m'empêcherait pas de finir mon travail.

— Tu as probablement raison, Bernard. Après tout, c'est de ton père que tu tiens ton courage. Et tu n'aurais pas peur?

— Oui. Je crois que j'aurai peur.

— Alors, Bernard, pourquoi veux-tu retourner? C'est très important pour moi de le savoir.

— Je ne sais trop comment vous expliquer... Quand je me promenais dans les tuyaux, je me disais, pour m'encourager, que j'étais un soldat en reconnaissance...

— Continue.

— Eh bien! Un soldat ne se sauve pas à la veille d'une bataille.

— Tu ne veux pas être un soldat de parade, hein? Bernard. J'accepte ton offre. Si ton père y consent, tu retourneras avec les outils nécessaires et tu nous diras ce qu'il y a derrière cette soudure dans le conduit nord-ouest.

— Bien, Chef. A quelle heure dois-je revenir?

— Sois ici à deux heures. Et, confidentiellement, j'espérais bien que tu m'offrirais ce que je ne pouvais te demander. Laisse-moi te serrer la main, Bernard. Tu ne m'as pas déçu.

— Au revoir, Chef. A cet après-midi. J'ai tout juste le temps d'aller à la piscine avec Eric.

— Agatha, pourquoi pleures-tu? Il fait soleil.

— On peut avoir de la peine, même au soleil, Luc. Oh Luc, je ne pourrai plus te revoir.

— Plus me revoir? Mais nous sommes des amis. On t'a défendu de me parler?

— Non. Personne ne sait que nous nous rencontrons.

— Agatha, ne pleure pas. Qu'y a-t-il?

— Il y a une épidémie au village. La mort va nous visiter.

— Une épidémie, qu'est-ce que c'est? Un animal dangereux?

— Non, Luc. Contre un animal, nous pourrions nous défendre. Une épidémie, c'est une maladie terrible qui va tuer une partie de la tribu.

— Vous ne pouvez pas vous soigner?

— Il n'y a aucun remède contre la mort laide. Il y a trois ans, elle nous a frappés. Le tiers des habitants sont morts. C'est là que j'ai perdu maman.

— Pauvre Agatha. Moi non plus, je n'ai plus de mère. Seulement papa et un grand frère.

— Demain peut-être, mon frère mourra à son tour. Il est déjà inconscient.

— Agatha, quels sont les symptômes de cette maladie? Tu sais, je suis fils de médecin. Un jour, je saurai guérir.

— Les gens brûlent de fièvre. Ils deviennent couverts de plaies. Ils ont très mal à la tête, puis ils s'endorment et ne s'éveillent plus. Ceux qui survivent à la mort laide gardent pour toujours sur leur visage la marque de ses griffes.

— Une maladie qui défigure? Il faudra que je cherche dans les livres de médecine préhistorique de mon père.

— C'est inutile, Luc. Il n'y a rien, rien à faire. Hier, le glas a sonné. Plusieurs sont morts déjà.

— Et tu ne pourras plus venir à la montagne?

— Non. Je devrai rester pour amuser les petits enfants dont les parents seront frappés. Je ne suis pas encore assez vieille pour soigner les malades.

— Et toi, Agatha, vas-tu mourir?

— Je ne le sais pas, Luc. Personne ne sait qui la mort laide va frapper.

— Vous n'avez pas de vaccin?

— Est-ce une plante médicinale? Ça ne sert à rien. Il n'y a que Dieu maintenant qui puisse nous aider. La tribu l'implore chaque jour.

— Et ton ange gardien, est-ce qu'il ne te protégera pas?

— Je ne pense pas qu'il connaisse de remède lui non plus. Adieu, Luc, je dois partir. Mon frère a besoin de moi.

— Au revoir, Agatha. Que ton Dieu te garde.

— Paul 15 P 9. Tu sais qui je suis?

— Oui, Excellence. Vous êtes un membre du

Grand Conseil.

— Tu sais aussi que nous ne faisons comparaître les citoyens que pour des choses très graves?

— Oui, Excellence.

— Ton professeur de géologie me dit que tu refuses de dévoiler l'origine de la pierre étrange que tu lui as remise ce matin.

— Je ne la connais pas moi-même, Excellence. Quelqu'un m'en a fait cadeau.

— Nos experts ont conclu qu'il s'agissait d'un grenat dont la coupe arrondie indique qu'il a été roulé par les glaciers. Cette forme ronde est caractéristique des pierres de surface. Sa présence ici est un mystère très inquiétant. Peux-tu nous aider à l'éclaircir?

— Peut-être est-ce une relique des premiers fondateurs?

— Non. Les examens de laboratoire ont décelé dans les fissures du minéral des traces de lichens qui auraient été encore récemment exposés aux rayons solaires. Si cette pierre a pénétré dans le sous-sol par une faille, il est urgent que nous en soyons informés. Ce renseignement est d'intérêt public et ton devoir de citoyen est de nous révéler le nom de celui qui te l'a remise et le lieu où il l'a trouvée.

— Je ne peux pas, Excellence. J'ai donné ma parole.

— Alors, tu as jusqu'à demain matin pour retracer le donateur et exiger de lui ces renseignements.

— Je vais faire mon possible, Excellence.

— Ton possible ne suffit pas, Paul 15 P 9. Ceci

est un ordre formel. Tu dois comparaître devant le Grand Conseil demain matin avec une réponse précise ou être considéré comme traître et perdre ton privilège de citoyen de Première Classe. Entendu et compris?

— Entendu et compris, Excellence.

— Non, Eric, pour la dixième fois, je n'ai pas trouvé le papier où est écrit ton poème.

— Mais maman, je l'avais hier à la plage. Il me le faut absolument.

— Eric, mon petit garçon, ta distraction va finir par te jouer de mauvais tours. Un jour, tu perdras quelque chose auquel tu tiens vraiment.

— Maman, c'est terriblement important. C'est une question de vie ou de mort.

— Eric, ne sois pas tragique. C'est bien amusant de parler comme un roman d'audiovision, mais nous vivons sous la terre et pas dans l'imagination, ne l'oublie pas. Allons, ne sois pas soucieux, viens avec moi à la spirale et à la piscine. Nous y retrouverons Bernard.

11

La découverte de Bernard

Les ingénieurs écoutent anxieusement le bruissement métallique transmis par le haut-parleur. Puis la voix reprend:

— Ça y est, la plaque est taillée. Le désintégrateur a très bien fonctionné. Maintenant, j'appuie doucement sur le morceau détaché.

Dans un silence attentif, chacun tend l'oreille pour mieux écouter.

— Il cède. C'est vide, derrière. Je sens un air froid.

Un bruit sec, puis:

— Oups! il m'a échappé. Il a basculé et je vois... mais... c'est un tunnel dans la pierre.

— Un tunnel?

— Dans le roc solide?

— A cet endroit solitaire?

D'un geste, le Chef impose le silence.

— Continue, Bernard. Nous t'écoutons. Que vois-tu?

— C'est bien un tunnel rond, un peu plus étroit que le conduit. Le fil branché sur notre câble s'enfonce aussi loin que ma lumière peut éclairer.

— Décris tout, Bernard. N'omets pas un détail...
C'est très important.

— Bien Chef. Le roc est creusé très inégalement.
Il y a des aspérités et le sol semble couvert de
débris.

— Prends une pierre et examine-la. A-t-elle été
taillée récemment?

— A quoi le reconnaîtrais-je?

Sur un signe du Chef, l'ingénieur minier prend
le micro:

— Sa surface sera poreuse. Ecrases-y une capsule
désaltérante. Compte en combien de secondes elle
sera complètement absorbée.

— Bien. Je coince la capsule entre deux roches.
Une — deux — trois — quatre secondes. Tout est ab-
sorbé.

— Alors, cette roche a été brisée récemment.
Comme je ne connais pas l'atmosphère du tunnel,
je ne peux donner de précision.

Le représentant du Grand Conseil, qui assiste à
l'expérience, demande la parole à son tour et on lui
passe respectueusement l'appareil.

— Bernard, ces pierres pourraient-elles être des
grenats?

— Grenats, monsieur? C'est que... heu... je ne
suis pas très fort en géologie. Si vous pouviez m'expliquer...

— S'agit-il de pierres rondes, de teinte rouge,
très dures et assez lourdes?

— Oh! Non, Monsieur. Ici, c'est du roc gris clair.
Du granite igné, je crois.

— Dommage. Cela aurait expliqué bien des

choses, et l'illustre personnage remet le micro à l'ingénieur en chef qui reprend son enquête.

— Bernard, peux-tu t'avancer un peu à l'intérieur du tunnel?

— Mais j'y suis déjà, Chef. J'ai rampé à peu près dix longueurs.

Quel enfant courageux! Les ingénieurs regardent avec admiration le père du jeune héros. Georges 6 B 12 redresse ses épaules courbées par les soucis.

— Bernard, sois prudent. Le fil continue-t-il?

— Oui, il s'enfonce et je ne vois pas le bout de la galerie... Difficile d'avancer... Très étroit... sol accidenté... Oooh! Un gant. Je viens de trouver un gant... il est juste de la longueur de ma main.

— En quoi est-il fait, Bernard?

— Je n'ai jamais vu ça. Une substance étrange, très solide et transparente et... attendez, quelque chose a brillé. Je vais voir.

— Non, attends. Son père est à bout de nerfs. N'y va pas.

— Ne t'inquiète pas, papa. Tout va bien. Je vois ce qui brille. C'est un instrument: on dirait du cuivre, mais ça n'en est pas. Un outil, je crois. Une forme bizarre.

Et soudain la voix s'altère.

— Je... je n'aime pas ça, papa. J'ai l'impression que... quelqu'un a dû passer ici récemment. Qu'est-ce que je fais?

— Reviens avec les objets que tu as trouvés. Remets la plaque en place avec le ruban gommant et apporte-nous tes découvertes. Nous allons les étudier et nous aviserons.

— Bien, Chef. Il y a visiblement du soulagement dans la voix et le petit garçon ne se fait pas prier pour revenir. Les ingénieurs groupés à l'orifice n° 5 l'attendent avec impatience.

Le chasseur émerge enfin, les yeux brillants, brandissant ses trophées: un gant et un sectionneur de fils de modèles et de matériaux encore jamais vus dans la Cité.

Il existerait donc un autre peuple sous la terre? Les Surréalais ne seraient pas les seuls survivants de la Grande Destruction? Qui sont ces gens? Que veulent-ils?

12

Luc part en mission

Luc arrive en trombe à la demeure déserte et y pénètre en coup de vent, sans tenir compte de l'avertissement rougeoyant du détecteur de propreté qui en clignote d'indignation. Il se précipite dans le cube adjacent à celui de son père et qui, depuis la mort de sa mère, a été transformé en laboratoire. Ce privilège exceptionnel de laisser une pièce en surplus au lieu de la sceller pour la rendre invisible est un hommage au génie incontesté de son père. Luc, qui n'a pas le droit de pénétrer dans le sanctuaire de la science, met de côté tous ses scrupules.

Fébrilement, il cherche dans les bouquins de médecine ancienne une maladie semblable à la mort laide. Il trouve finalement les symptômes qui lui paraissent les plus semblables à ceux décrits par Agatha.

«Variole. Communément appelée petite vérole. Maladie épidémique... etc.» et pour finir, en grosses lettres: «Depuis la vaccination, les grandes épidémies meurtrières ont disparu».

— Agatha, ce sera moi ton ange gardien. Je vais

te sauver.

Sur des étagères s'alignent les appareils compliqués qui fournissent des rayons dont le savant a perfectionné l'utilisation. Sans peine, le petit garçon reconnaît la longue boîte familière, modèle réduit de la machine devant laquelle tous les habitants de Surréal défilent une fois par année pour s'immuniser contre la plupart des maladies à virus. Les rayons Upsilon émis par des ondes détruisent instantanément les microbes et accordent une protection de plusieurs mois contre leurs attaques.

Luc prend la lourde machine dans ses bras et cherche partout dans la demeure nue un moyen de la transporter. Pour la première fois de sa vie, il se trouve devant un besoin que la civilisation de Surréal n'a pas prévu.

Dans le cube-de-nuit de Paul, il aperçoit soudain le havresac de spéléogie. Rapidement, il en vide le contenu pêle-mêle sur le lit impeccable dont la couverture est automatiquement tendue chaque matin. Il glisse l'appareil dans le sac qui semble fait pour lui et, avisant un carnet de notes sur le pupitre dégarni, il griffonne un mot pour son frère.

Puis, ajustant avec peine son fardeau sur ses épaules frêles, l'enfant repart à la course, se lançant tête baissée dans une aventure où son bon cœur le jette sans une arrière-pensée.

Il saute dans l'express-sud où personne ne le remarque. Chacun écoute la déclaration émanant du Grand Conseil sur les ondes sonores.

«Des découvertes extraordinaires permettent de croire qu'on éclaircira bientôt le mystère de la perte d'électricité. Restez calmes. Continuez votre vie normale. Nous vous donnerons des précisions le plus tôt possible.»

A son arrêt habituel, Luc entreprend l'itinéraire maintenant si familier. Le poids du sac le courbe, ralentit son allure et rend plus pénible la traversée de la fissure étroite, mais la pensée de sa mission de secours décuple ses forces.

Pour la deuxième fois aujourd'hui, Luc débouche au flanc de la montagne. Sa pente n'a plus de secret pour lui et, roulant les cailloux sous ses pieds insouciants, Luc arrive sans encombre à l'orée de la forêt.

Là, il hésite un instant puis, s'orientant avec des sens tout neufs dans l'univers bruissant et lumineux, il s'engage résolument, entre les sapins, dans la direction qu'a prise son amie chaque fois qu'elle l'a quitté. Luc n'a rien d'un coureur des bois, mais avec sa montre-radio-boussole, il ne doute pas un instant de trouver facilement le chemin de Laurania. Ne sait-il pas se reconnaître dans les dédales sombres des Grottes profondes?

Il compte aussi beaucoup sur cet ange gardien qui, dans son idée, monte la garde à l'entrée du tunnel et le prend en filature dès son apparition. Heureusement, par pur hasard, il tombe sur la piste battue par les chasseurs entre Laurania et la forêt giboyeuse du flanc nord de la montagne.

Il s'engage dans ce sentier étroit et accidenté. Souvent il trébuche sur des racines dont il apprend vite à se méfier et son lourd fardeau lui fait perdre l'équilibre. Il doit marcher penché en avant et ajuster souvent les courroies qui lui scient les épaules.

Le soleil plombe entre les arbres. Heureusement,

le casque lumière protège sa tête. La sueur coule sous son masque étanche et lui pique les yeux. Les épines déchirent ses bras et ses jambes nus. Il a soif et n'a pas pensé à se pourvoir de capsules hydratantes.

Pour s'encourager, il chante à la cadence de ses pas une petite chanson qu'il invente à mesure:
«Tu vivras Agatha, ne pleure pas.
Tu verras, tu vivras Agatha.
Je suis ton ami et celui aussi,
De Laurania.»

— Me voici aussi bon qu'Eric, pense le philosophe qui a le don de ne pas se prendre au sérieux.

Les milles succèdent aux milles, tous pareils et toujours différents et chacun semble plus long que le précédent. La chanson, entonnée sur un ton agressif, devient une petite complainte essoufflée. La boîte noire se fait plus lourde et à tout moment Luc appuie son dos à un arbre pour se soulager de son poids pendant quelques secondes.

— Je n'aurais jamais cru qu'on puisse se lasser du soleil, mais je trouve qu'il abuse aujourd'hui.

A un brusque détour du sentier, notre promeneur plonge avec reconnaissance dans le sous-bois baigné par l'ombre de la grande montagne.

Bientôt cependant, cette fraîcheur le glace et il soupire de nouveau après la chaude lumière.

— Ma parole, je ne sais pas ce que je veux, depuis que je suis sur la terre. Je me demande s'ils sont tous comme ça, ici.

Si graduellement que le petit Surréalais ne s'en rend pas compte, le chant des oiseaux cesse, les ombres s'allongent, le temps se refroidit. De plus en plus souvent, il trébuche sur des obstacles qu'il ne distingue plus très bien.

— Est-ce que je deviens aveugle? J'ai comme un voile devant les yeux.

Jamais Luc n'a vu tomber le jour. A Surréal, on éteint les lumières, on crée la nuit d'un seul coup.

Levant la tête, il voit soudain briller la première étoile du soir, veilleuse lointaine dans le bleu sombre du ciel. Brusquement la lune ronde et basse surgit à l'horizon, baignant la forêt d'une clarté laiteuse.

— La lune! murmure Luc, oubliant sa fatigue devant cette merveille. La vraie lune de la préhistoire! Comme c'est étrange! Il fait sombre et pourtant clair. Plus je regarde le plafond de la terre et plus il s'arrondit.

Une à une, les étoiles s'allument, donnant ce soir-là, pour le bénéfice d'un enfant au regard tout neuf, le plus vieux spectacle au monde et le plus grandiose.

— Alors, c'est le Dieu d'Agatha qui a créé tout cela?

La pensée de sa petite amie le rappelle à la réalité. Il ajuste le bouton de son casque et en fait jaillir le faisceau lumineux. Sa lueur, si puissante sous le sol, paraît insuffisante pour percer les ténèbres.

La nuit mystérieuse étend son voile impénétrable, enveloppant le village éprouvé et la masse sombre du Mont-Royal. Le sentier escarpé qui les relie serpente interminablement à travers la forêt sauvage.

Luc frissonne. Il ne reconnaît pas son amie la

nature dans son déguisement nocturne. Il se sent tout seul, tout petit et combien vulnérable sur cette terre menaçante, sous ce ciel lointain où brillent les étoiles froides.

Le cœur battant, l'œil aux aguets, les oreilles bourdonnantes de bruits mystérieux, le petit garçon avance péniblement. Autour de lui, les branches craquent, les buissons frémissent dans le grand jeu de vie et de mort des chasseurs et de leur proie.

Un long hurlement éclate, enfle et se prolonge pour se terminer par un rire moqueur. Les loups entrent en chasse.

Luc, épuisé, vit un terrible cauchemar. Soudain, son pied ne rencontre que le vide. Trop tard, il voit la pente raide où il plonge tête première, entraîné par son lourd fardeau. Sa jambe se tord douloureusement, sa tête heurte une branche qui arrache brutalement son masque. Avec un grand cri, le petit garçon s'abandonne au gouffre noir où il tourbillonne longtemps, longtemps avant que la nuit ne se referme autour de lui. Les loups hurlent et chassent. La forêt leur appartient.

13

Messager de paix

Le Grand Conseil a convoqué une réunion d'urgence des ingénieurs et des représentants officiels de chaque profession de Surréal. D'un commun accord, on a conclu à la présence d'une autre civilisation sous la terre: les deux objets insolites rapportés par Bernard 6 B 12 en fournissent la preuve irréfutable. Et la première manifestation de cette race en est une de malhonnêteté. Il faut réviser en hâte les données établies par des siècles de solitude.

— Ils seront bientôt alertés par la plaque dessoudée dans le conduit. Nous devons agir vite, avant qu'ils ne puissent détourner assez d'électricité pour que le mal soit irréparable. Nos rapports démontrent que chaque jour la fuite augmente perceptiblement.

— Ainsi, les tremblements de terre, c'était leur dynamitage?

— Et ils ont provoqué la panne de courant afin de leur permettre un raccordement sur notre câble.

— Ils l'ont réussi en douze minutes. C'est un temps record. Leur technologie semble bien avancée.

Ils ont opéré magistralement.

L'emploi de ce «ils» anonyme les aurait remplis de joie en d'autres circonstances. La solitude terrible d'un peuple isolé pesait au Grand Conseil. La perspective d'un échange d'idées et de contacts enrichissants aurait attiré les Surréalais, mais les mystérieux voleurs d'électricité qui risquent sans scrupule la vie d'un peuple ne paraissent pas d'un caractère très attachant.

— Il faut aller au plus pressé, quitte à repenser la situation plus tard. Comment peut-on couper leur fil immédiatement?

— Il n'y a qu'un moyen, Excellence. C'est de retourner dans le conduit pour le sectionner sur place.

— Qui se chargera de ce travail dangereux?

L'ingénieur en chef contemple ses mains crispées. Sans relever la tête, il murmure:

— Dans tout Surréal, il n'y a qu'une personne qui ait la compétence... et la taille pour accomplir cette mission.

Un silence plane sur l'assemblée. Lentement, Georges 6 B 12 se lève et, d'une voix grave, prononce la phrase qui sauvera la Cité en condamnant peut-être son fils.

— Bernard ira couper le fil. Il a offert de retourner dans les conduits.

Le président du Grand Conseil se lève à son tour et domine l'assemblée.

— Un enfant nous donne l'exemple. Nous ne pouvons montrer moins de courage que lui. Le Grand Conseil a entendu, compris et accepté l'offre de votre fils. Qu'il parte immédiatement, avant que les...» le mot *ennemis* ne vient pas naturellement aux lèvres de ce chef d'une nation liée par des voeux sacrés au culte de la Paix. La guerre terrible qui avait ravagé l'humanité et conduit un peuple sous la terre devait être la dernière, les fondateurs l'avaient juré. Après une hésitation, le président continue: «...avant qu'*ils* ne remarquent son passage récent. Et, fidèles à notre idéal pacifiste, nous chargerons Bernard de laisser un message pour... l'autre peuple. Nous leur offrirons notre amitié et l'aide de nos experts pour les aider à établir chez eux une centrale comme la nôtre. Les ressources de la terre sont inépuisables; nous leur montrerons comment en tirer parti autrement qu'en risquant notre perte.

Monsieur 6 B 12, dites à votre fils que nous comptons sur lui pour être notre émissaire de paix. Il faut maintenant, messieurs, mettre la Cité au courant de ce qui vient d'être décidé. Le peuple ne doit pas ignorer plus longtemps les dangers qui le menacent».

Une heure plus tard, à la Centrale, Bernard comparaît à son tour devant le groupe des ingénieurs.

Le Chef lui remet l'enveloppe blanche, aux armoiries du Grand Conseil, contenant le message d'espoir et de paix.

— Maintenant, écoute bien. Nous ne savons pas sur quel principe électrique fonctionne l'interrupteur des *autres*. Mais, puisque le fil se branche sur notre câble, il y a certainement beaucoup d'analogies entre le leur et le nôtre. A une certaine distance de notre conduit, pas plus de trois cents pieds, probablement moins, devrait se trouver la boîte de leur disjoncteur de branchement. C'est là qu'est le régulateur de courant qu'ils doivent actionner par télécommande. Je ne puis te dire quelle sera sa grosseur ou sa forme. Tu vois ici des dessins de tous les modèles existants que nous connaissons. Je ne sais pas non plus de quelle manière il fonctionne. Mais une chose est certaine, c'est que tu dois interrompre le courant avant de couper le fil, sinon...

Bernard a assez de connaissances techniques pour deviner la décharge fulgurante d'un fil à haute tension. Tout ce qui s'en approche dans un rayon de dix pieds, est carbonisé instantanément.

— Je comprends, Chef.

— Alors, tu dois, *tu dois* trouver leur disjoncteur, localiser la manette interruptrice et l'actionner *avant* de sectionner le fil. Nous allons te remettre un désintégrateur beaucoup plus puissant que celui que tu as employé pour tailler une ouverture dans le conduit.

Longuement, le Chef explique le fonctionnement de l'appareil. Sa décharge la plus faible suffira pour rompre le fil et, poussée à pleine force, elle pourra creuser le roc. Bernard devra s'en servir pour désintégrer le fil juste assez près du disjoncteur de branchement pour que celui-ci devienne inutile.

En élève attentif, Bernard écoute l'ingénieur et son père décrire la manière de procéder pour remplir sa tâche et étudie avec eux les éventualités possibles.

Lorsque tout a été expliqué, Bernard enfile calmement sa combinaison isolante. Mécaniquement, il procède à la vérification du fonctionnement de sa lampe, de sa radio et du bracelet détecteur. Cette routine presque journalière le rassure par son impression de déjà vu.

Finalement, d'homme à homme, il serre la main de son père, puis se tourne vers sa mère qui, cette fois, assiste à son départ. Elle le serre dans ses bras et lui dit avec un sourire:

— Bon courage, mon chéri. Je serai avec toi chaque seconde. Que le Premier Moteur te protège!

Bernard lui est reconnaissant de ce calme. Sa mère le salue exactement comme elle le fait à son départ pour la classe, lorsqu'il doit passer un examen difficile.

A la porte de la section 5, le Chef s'approche de lui.

— Tu as bien la lettre? Alors, je résume mes instructions: Tu t'avances jusqu'à l'interrupteur de courant. Tu déposes ton message bien en évidence. Tu actionnes la manette ou le bouton ou je ne sais quoi, mais tu coupes le courant. Puis tu sectionnes le fil avec le désintégrateur, de leur côté, tout près du disjoncteur de branchement.

— J'ai compris, Chef. Bonjour papa, maman.

Et le petit garçon plonge dans le conduit familier.

Il ne voit pas les traits durcis de son père, le geste d'adieu de sa mère. Le messager de paix est déjà tout à sa mission.

Il avance très vite aujourd'hui. Le «saucisson de voyage» n'entrave pas sa marche, car les échelles laissées en place en ont éliminé la nécessité.

Le désintégrateur, sorte de revolver volumineux mais léger, est attaché à sa taille et la précieuse lettre est en sûreté dans sa poche.

Le petit garçon ne s'accorde même pas le luxe d'un arrêt après le premier tournant. Aujourd'hui, le climat est à l'action. Avec l'agilité d'une longue habitude, il se glisse dans les tubes étroits, contourne habilement les angles droits et plonge sans hésiter, tête première, dans les conduits verticaux, se fiant à la solidité éprouvée des échelles familières.

En un temps record, il rejoint la section où la cicatrice du ruban gommant signale l'entrée du tunnel des *Autres*.

— Me voici rendu. Je reprends mon souffle.

Il décrit à mesure ses actes, son entrée dans la galerie et sa reptation difficile dans le passage où ses épaules touchent les parois et où la moindre aspérité fait résonner le métal de son casque.

— Ce que j'aime le moins, c'est d'avoir le ventre sur «leur» fil. Ils ne doivent pas être gros pour se promener par ici. Je viens de dépasser l'endroit où j'ai trouvé le gant et la clef.

Instinctivement, le jeune explorateur baisse la voix. Il va vite, pour ne pas se donner le temps de penser.

A la Centrale, le groupe habituel a repris sa vigile angoissante, partagée cette fois par une mère torturée et par le Grand Conseil au complet.

Bernard espère trouver la boîte bientôt, car il sent qu'il ne supportera pas longtemps cette tension.

Heureusement, après cinquante pieds, le couloir s'élargit sensiblement. A un endroit où il oblique à gauche, il devient assez haut pour permettre à Bernard de se redresser.

— Je l'ai! J'ai trouvé leur boîte. Elle est cylindrique et de couleur cuivre. Le tunnel continue vers l'ouest et semble plus large et plus haut. Je n'irai pas voir, se hâte-t-il d'ajouter au moment même où le Chef allait le lui interdire au micro.

«J'avance un peu pour aller déposer le message du Grand Conseil en plein dans le centre du couloir, à environ cinquante pieds plus loin que la boîte. Ils ne peuvent pas le manquer.

Maintenant, je reviens sur mes pas et je cherche l'interrupteur de courant. C'est plein de boutons de toutes couleurs, cette histoire-là. Je ne sais lequel est le bon».

— Sont-ils tous semblables?

Le Chef a repris la direction de l'expédition. Bernard se décharge avec soulagement de cette responsabilité, reprenant son rôle d'instrument docile.

— Non... oui... à peu près.

— Alors, ça n'est pas ça. Cherche mieux.

— Ah! Ici, il y a une manette. Elle glisse de haut en bas et il y a des inscriptions étranges à chaque extrémité.

— C'est la seule dans son genre? Il n'y a rien d'autre?

— Non, c'est tout. Dix boutons rouges, noirs ou blancs et cette manette plus longue.

— Où est-elle actuellement?

— Tout à fait au sommet.

— Bernard, tu dois prendre la chance que ce soit ça. Baisse ce levier d'un seul coup, puis coupe le fil tout près de la boîte.

Le petit garçon ne peut voir la figure contractée

de son Chef que dément le calme de sa voix rassurante.

Un instant, la mère de Bernard faillit crier: «Non, non, n'y touche pas. Reviens». Mais, à deux mains sur sa bouche, elle retient son appel instinctif. Epaule contre épaule, son mari et elle attendent, les yeux fixés sur le haut-parleur.

Bernard, immobile, la main sur le levier de commande, rassemble son courage. Il joue sa vie sur le jeu d'une manette et celle-ci peut tout aussi bien l'électrocuter qu'interrompre le courant.

Soudain, son sang se glace. Une voix a parlé qui ne provient pas de son récepteur. Une voix qui se rapproche pendant qu'au loin, vers l'ouest, une lumière scintille dans le tunnel.

— *Ils* arrivent, chuchote-t-il dans son micro.

Les battements de son cœur résonnent à ses oreilles comme un roulement de tambour. Il n'entend pas le cri de sa mère, les ordres du Chef. Seul, un bruit confus lui remplit la tête. Là-bas, on a dû apercevoir sa lumière, car les *Autres* se mettent à courir en criant. Paralysé, Bernard les voit se rapprocher, distingue dans le rayon lumineux de ceux qui les suivent la silhouette des deux premiers. *Ils* sont petits, pas plus grands que lui, presque nus, trapus, avec des épaules musclées et des bras très longs. Des lampes, fixées sur leur front, donnent une allure de cyclopes à leurs faces barbues et grimaçantes. *Ils* s'avancent sans masque visible, hurlant dans une langue gutturale des menaces évidentes.

— Comme *ils* sont laids, murmure le petit garçon dans son masque.

Sans ralentir son allure, le premier coureur foule

au pied le message de paix, dernier espoir du Grand Conseil.

Galvanisé par ce spectacle, Bernard, de statue passive, se transforme en dynamo. D'un même mouvement fluide, il abaisse la manette de l'interrupteur et, sortant le désintégrateur de son étui, il vise le fil à son entrée dans la boîte. Le crépitement du désintégrateur et l'éclair rouge du métal fondu l'avertissent que le fil est sectionné.

Le premier arrivant, un instant surpris par ces brusques mouvements, s'arrête indécis. Puis le petit homme barbu étend le bras et brandit un tube argenté d'où jaillit un rayon bleu.

Bernard reçoit dans le dos cette décharge foudroyante et s'écroule dans la galerie, le souffle coupé. Par-dessus son épaule, il voit deux des cyclopes se consulter, hésitants.

A la Centrale, on a compris le drame terrible et une rage impuissante secoue tous ces hommes.

— Bernard, hurle le Chef. Bernard, tire. Tire sur *eux* avec ton désintégrateur. Mets le plein pouvoir et tire!

Le petit garçon entend le rugissement de l'ingénieur et, se retournant péniblement, pointe ce fusil extraordinaire, qui n'a jamais été conçu pour être une arme, mais dont les possibilités se révèlent brusquement. Il pousse la manette jusqu'au bout.

Les lumières se rapprochent. *Ils* viennent. Au moment de tirer, Bernard se rappelle la mission dont l'a chargé le Grand Conseil. Il est un messager de paix. Sa première action sera-t-elle de tuer un homme, même son assaillant?

— Je ne peux pas tuer, souffle-t-il avec difficulté.

Plutôt que de trahir la confiance de Surréal, le petit garçon préfère mourir. Ce n'est donc pas vers les *Autres*, ses dangereux ennemis, que Bernard 6 B 12 dirige son désintégrateur, mais vers la voûte de la galerie de pierre à quelques pieds de lui.

Dans un grondement de tonnerre, le tunnel s'effondre, l'emprisonnant dans les débris et coupant à l'ennemi l'accès de la Cité.

A la Centrale, l'écho répète inlassablement le roulement de l'avalanche et la maman couvre sa figure de ses mains et gémit:

«Bernard, mon petit enfant. Bernard, mon petit enfant...»

14

Les épreuves de Paul

Après avoir quitté le représentant du Grand Conseil, Paul a erré partout à la recherche de Luc.

Des appels répétés à la montre-radio ont révélé que la communication avait été coupée à l'autre bout. Le terrible petit frère ne daignait même pas recevoir de messages, ce jour-là.

Furieux, Paul a cherché dans l'exercice violent une soupape à son anxiété. Après deux tours effrénés dans la spirale, au mépris de tout rythme musical, le jeune homme a traversé rageusement la piscine, fouettant l'eau de ses bras, faute de pouvoir mettre la main sur le vrai coupable.

A la dernière minute, il s'est souvenu de son rendez-vous avec le réalisateur de son programme au Réseau Général. Cette rencontre, qui devait être le point culminant de sa jeune carrière d'orateur se passe comme dans un rêve et Paul n'en conserve qu'un souvenir confus. On convient de la date et de l'heure de l'émission et tout ce qui le frappe c'est qu'il n'aura jamais assez de temps pour se préparer.

Il devra se présenter avec son sujet en tête. Le Réseau lui accordera alors une preuve insigne de confiance, celle qui donne une valeur unique à cette récompense tant convoitée: on laisse le gagnant improviser à sa guise sans censurer au préalable le texte de son discours. C'est bien de discours que sa tête est pleine, alors que son privilège de Citoyen de Première Classe est menacé. Depuis son enfance, il s'applique à mériter ce statut enviable sur lequel il a élaboré tous ses projets d'avenir.

A l'heure du repas du soir, il s'engouffre à son tour dans la demeure, laissant le détecteur de propreté s'exaspérer en vain pour la deuxième fois aujourd'hui.

Son cri impérieux: «Luc 15 P 9, j'ai à te parler!» résonne dans la pièce déserte. Comme un ouragan vengeur, Paul fait le tour des cubes. Dans le laboratoire, l'espace vide sur une étagère l'étonne un peu:

— Tiens, papa a dû envoyer chercher un appareil par ses assistants.

La vue de son lit bouleversé ranime sa colère. Pas un instant, il ne doute de l'identité du coupable. La rage ne laisse pas place à la réflexion, car l'aîné comprendrait immédiatement que ce beau désordre est tout à fait contre les habitudes rangées du petit frère si sérieux.

— Ah! par exemple! Mille moteurs! Le bandit!

Ses yeux s'arrêtent à la note griffonnée en hâte à son intention. Son contenu abrupt ne contribue pas à calmer sa juste indignation. (Les indignations de Paul sont toujours justes.)

«Serai en retard pour le repas. Ne m'attends pas.»

— Et où pense-t-il aller courir avec le coupe-feu dans deux heures? Si papa était ici, ça ne marcherait pas comme ça!

L'absence de son père se fait cruellement sentir en ce jour d'épreuves et Paul aurait eu bien besoin de se décharger de ses responsabilités trop lourdes.

Revenu dans la pièce principale, l'aîné commande les pilules-repas pour deux et, au moment où il s'assoit devant la table déserte, sa montre-radio émet le bruissement qui annonce une communication.

— Ce n'est pas trop tôt, commente Paul, qui prend son souffle pour soulager le trop-plein de son cœur. Mais la petite voix dont le son lamentable lui parvient à peine le fige sur place:

— Paul, au secours. Viens me chercher. Il fait noir... noir... J'ai perdu mon masque. Je pense que ma jambe est cassée. Oh! Paul, j'ai peur. Viens vite... vite...

L'appel désespéré résonne encore aux oreilles de Paul, mais l'appareil devient muet et toutes les exhortations du grand frère demeurent sans réponse.

Où est Luc? Paul se sent des ailes pour voler à son aide, mais ne sait dans quelle direction chercher. Il a dit: «Il fait noir.» Où peut-il être? Dans les Grottes Profondes? Les gardes-cavernes auraient décelé sa présence grâce à l'œil magique. Une rapide communication par visaphone le rassure de ce côté: «Les cavernes sont évacuées pour la nuit. Aucune expédition géologique ou autre n'y est signalée.»

Expédition géologique! Paul repense à la roche grenat, cadeau de Luc et source de tous ses maux. Il s'accroche à cet indice et se force à une réflexion logique.

Les experts ont attribué à cette pierre «comme il s'en trouvait autrefois à la surface» une origine glaciaire.

Fébrilement, il fouille dans son pupitre, éparpillant à travers le cube-de-nuit le contenu de ses dossiers sacro-saints.

Il lit et relit le poème griffonné par Eric:

«Pour la première fois on a pénétré
Dans ce monde désolé.
Je suis émerveillé,
Et Luc aussi.»

Et Luc aussi! C'est donc à la surface qu'il faut chercher le petit garçon. Mais comment a-t-il pu s'y rendre?

Paul regrette soudain de ne pas avoir été plus près de son frère, de ne pas s'être assez intéressé à lui. «C'est moi qui aurais dû être son confident. Je l'aurais aidé, mis en garde.»

Un peu tard, le jeune homme prend des résolutions pour l'avenir. Un nouvel appel au visaphone et la figure ronde du petit poète se matérialise sur l'écran.

— Eric, Luc vient de m'appeler à son secours. Il est en danger? Sais-tu où il est?

La perplexité se lit dans les yeux bleus. Luc en danger? La parole donnée, le Grand Serment, lui ferment la bouche.

— J'ai promis de ne rien dire.

— Eric, je t'en supplie. J'ai relu ton poème. Toi seul peut aider Luc. Dis-moi comment il se rend à l'air libre. Il a perdu son masque. Je peux peut-être encore arriver à temps.

Brusquement, Eric prend une décision. S'il doit

être «rejeté à l'Extérieur pour y périr horriblement», suivant la formule du Grand Serment, ce n'est pas une raison pour abandonner son meilleur ami au même sort.

— Je suis seul à la demeure. Mes parents ont accompagné Bernard à la Centrale. Rejoins-moi au terminus de l'express-sud. J'y serai dans cinq minutes. Je vais te montrer par où Luc passe pour sortir. Je n'en sais pas plus long. A tantôt.

Paul tente de rejoindre son père, mais aux laboratoires les ordres sont formels. Même pour cause de mortalité, l'expérience en cours ne peut être compromise. Il faut donc qu'il aille seul au secours de son frère.

Avant de sortir, il récapitule l'appel de Luc et, pensant au masque perdu, à la jambe cassée et aux dangers inconnus, il prépare systématiquement son expédition.

Il met dans sa poche la pilule-repas qui reste du souper. Il subtilisera un masque dans les réserves placées à chaque terminus, crime impardonnable dans la Cité où le vol est inconnu. Dans le cube-de-nuit de son père, il vide la trousse de médecin et glisse dans son tube d'urgence une seringue automatique remplie de liquide analgésique, des bandages et des désinfectants. Puis il arrache la couverture de son lit. Ses notions vagues de premiers soins lui rappellent le besoin de chaleur pour un blessé en état de choc. Il enfile ensuite sa combinaison de spéléologue.

Son piolet de géologue glisse par terre avec un bruit métallique et, résolument, Paul le ramasse. Le long manche terminé par le marteau de fer pointu constitue une arme rassurante, et prêt au combat comme les preux de l'antiquité, le jeune chevalier fonce vers le terminus où l'attend Eric.

Accroupis l'un en face de l'autre dans l'élargissement de la fissure, les deux garçons s'éclairent mutuellement, comme déjà Eric et Luc au même endroit.

— A partir d'ici, tu ne peux te tromper. Je ne sais pas où Luc s'est dirigé en arrivant à l'air libre. Il ne m'a montré que l'orifice du tunnel. Nous n'en avons jamais reparlé.

— Merci, Eric. Retourne à ta demeure avant le coupe-feu. Tu en as à peine le temps. Si je ne suis pas rentré demain, avertis mon père au laboratoire. Je ne te trahirai pas et personne ne saura que tu as déjà franchi la porte-frontière. C'est illégal, tu sais, vos petites excursions.

— Est-ce que tu risque beaucoup, si tu es pris?

— Aucune importance. Mes crimes ne se comptent plus, répond Paul amèrement. Et Eric brûle d'admiration pour son héros audacieux.

— Je pars. Voici ton poème. Il est compromettant. Tu devrais le détruire.

Paul incline sa tête et sa lumière en signe d'adieu et s'engage dans la fissure, la couverture sur l'épaule, le piolet à la main.

L'air frais de la nuit le fouette au visage. Les étoiles lointaines lui donnent le vertige.

Animé de la même confiance que Luc cet après-midi, Paul ne doute pas un instant de trouver facilement son frère. Un de ses héros préhistoriques n'est-il pas «Long Couteau», ce fameux coureur des bois de l'auteur ancien Fenimore Cooper, pour qui la forêt n'avait pas de secrets? Paul s'est dit que si lui-même ne lit pas couramment le livre de la nature, il pourra au moins l'épeler. Il suivra des traces, des branches cassées, l'herbe foulée, les empreintes dans le sable.

Il était préparé à tout, sauf à cet immense vacuum noir qui recèle quelque part dans ses flancs son petit frère en danger.

Perplexe, notre ami s'arrête en équilibre instable sur les roches rondes de douce mémoire. Une inspiration lui vient. Luc a peut-être repris conscience.

Il synchronise sa montre-boussole-radio et appelle longuement. Finalement, le bracelet crépite et il entend avec joie la voix de Luc, beaucoup plus proche maintenant, mais tremblante et affaiblie.

— Paul. Au secours!

— Luc, je viens te chercher. N'aie pas peur, j'arrive. Je suis à l'entrée de l'Air Libre. Dis-moi comment te rejoindre.

— Je suis dans la forêt, très loin. J'ai marché pendant des heures.

— Dans quelle direction? Ne perds pas de temps. Parle vite.

— Descends la côte.

Un silence, entrecoupé d'imprécations et du glissement d'une cascade de pierres. Nouveau silence... puis...

— Je suis en bas. Ensuite?

— Entre dans la forêt et va vers la droite jusqu'au sentier qui se dirige vers le sud.

Dans un bruit de branches cassées, Paul fait son apprentissage de marche terrestre. Luc, malgré la gravité de sa situation, ne peut s'empêcher de sourire en entendant la litanie familière que son aîné égrène pendant cette progression difficile.

— Mille moteurs! Echelle de corde! Ah! la maudite branche!

Soudain, le flot se tarit. Paul, en loques, fait irruption dans le sentier battu qui lui rappelle les trottoirs roulants après le trajet accidenté du sous-bois.

Maintenant, Paul peut avancer plus rapidement. Sa course maladroite est ponctuée de chutes brutales et il comprend bientôt que, dans ce genre d'expédition, la devise «lentement mais sûrement» doit être la sienne. Un éclopé dans la famille, c'est bien assez.

Tout en marchant rapidement, il cause avec Luc qu'il se représente souffrant, anxieux et seul dans la nuit noire.

Des ricanements moqueurs éclatent à gauche auxquels répond un concert analogue à droite.

— Tu as entendu? demande Luc tremblant.

— Des chouettes, le rassure Paul, qui sait bien que ce sont des loups.

— Ah! tant mieux! Je craignais qu: ce ne soit des loups. Luc, confiant, s'en remet aux connaissances de son aîné.

Pour le distraire, Paul l'interroge sur sa découverte de l'air libre et apprend avec effarement l'expédition de secours dans laquelle son cadet s'est lancé.

— C'est plus loin que je ne le pensais, avoue Luc penaud. Alors la nuit est tombée.

— Et toi aussi.

— Heureusement que je n'ai pas perdu mon casque-lumière. Je serais mort de peur, dans le noir.

— Et ton masque?

— D'abord, je me préparais à étouffer. Mais je constate que je respire très bien. Ça sent bon, à l'Air Libre, tu sais. Paul, crois-tu que l'air soit redevenu pur, depuis tout ce temps?

— Tout me semble possible aujourd'hui, grommelle le chevalier qui sent vivre la forêt autour de lui et ne l'apprécie pas du tout.

Luc, rassuré par le son de sa propre voix et l'approche de son grand frère, oublie sa douleur dans un dialogue animé.

— Heureusement, la boîte à rayons est intacte. J'ai vérifié. — Dans son malheur, l'enfant généreux pense encore aux autres. — Ils pourront l'utiliser à Laurania.

— Si jamais nous y arrivons, pense l'autre qui trouve le chemin interminable. Mais, par le Grand Moteur, t'es-tu rendu au bout de la terre?

Un murmure terrifié lui répond: Paul, il y a une énorme bête dans l'arbre au-dessus de moi. Je vois ses yeux briller dans ma lumière. On dirait un gros chat.

Paul s'élance, envoyant la prudence au diable. Il jette ses instructions à son frère: Tiens-le dans les rayons de ta lampe... Ne le quitte pas des yeux un instant... As-tu... une... arme?

— J'ai une pierre dans la main. Vite, Paul, vite.

La peur paralyse ou donne des ailes. Le jeune homme court comme il n'a jamais couru dans sa vie, mais c'est vers le danger que ses pas le dirigent.

— Paul, je t'entends arriver. J'entends les branches cassées. Je suis au bas d'une côte. Ne tombe pas.

Entre les feuilles, le sauveteur distingue une lueur vacillante. Il fonce, sans souci des épines qui le griffent cruellement.

— Luc, ne bouge pas, surtout. Je te vois.

Hors d'haleine, Paul surgit en haut de la côte. Le spectacle qui l'attend le glace d'horreur. La petite silhouette frêle de Luc, dans sa tunique blanche, se dessine à dix pieds sous lui.

Assis, adossé à son sac, une jambe curieusement repliée sous lui, le petit garçon regarde fixement la fourche d'un arbre qui s'avance au-dessus de sa tête. Pétrifié par le rayon qui l'éblouit, un énorme puma rampe avec prudence sur la branche. Rassuré par l'immobilité de sa proie, il se décide soudain à vaincre sa peur atavique de la lumière et il tend ses muscles pour bondir. Sa queue fouette l'air, sa tête s'enfonce dans ses épaules.

Il prend son élan, en même temps que Paul a pris le sien. Frappé de côté par ce bolide inattendu, le fauve fait demi-tour dans les airs et retombe à deux pieds de Luc. Etourdi par la collision, Paul roule sur le sol un peu plus loin, perdant son casque, mais sans lâcher son piolet. Pour mieux voir, il se débarrasse de son masque et aperçoit, silhouette menaçante dans le rayon de lumière le fauve qui s'apprête à bondir sur sa nouvelle proie.

Entraîné à la défensive par des heures de jeu au ballon-robot, le jeune athlète se redresse sur un genou, serrant à deux mains son arme insuffisante.

Lorsque, d'une détente le puma s'élance, Paul l'attend. L'ombre gigantesque semble couvrir le ciel, le jeune homme sent l'haleine fétide et entend le grondement profond. Il se jette de côté et de toutes ses forces frappe aveuglément la masse sombre de son agresseur. La violence du choc lui arrache l'instrument des mains.

Pour la seconde fois, l'animal roule d'un côté et le garçon de l'autre. Cette fois, Paul est désarmé. Mais au moins, leur chute les a éloignés de Luc.

A tâtons, l'adolescent cherche une pierre pour continuer sa lutte sans merci. Haletant, il essaie de distinguer dans le noir les mouvements de son ennemi. Mais celui-ci ne bouge plus. Même son grondement s'est tu. N'osant croire à sa victoire, Paul se redresse: ses yeux, maintenant habitués à l'obscurité, devinent la forme inerte de la bête.

D'un bond, il court jusqu'à Luc. Vaincu par l'émotion et la douleur, l'enfant est évanoui. Son aîné lui enlève son casque et s'en coiffe pour approcher sa victime avec précaution. Par un hasard providentiel, auquel le jeune chasseur pensera toute sa vie avec des frissons d'angoisse, son piolet a empalé le lion des montagnes, lui traversant le cœur.

Paul retrouve son casque et remet le sien à son frère. Puis il escalade la pente en haut de laquelle il a abandonné couverture et trousse d'urgence.

Rapidement, l'adolescent soigne le blessé. Il lui fait avec la seringue auto-piqûre une injection calmante. Puis, tant bien que mal, il redresse la jambe cassée et la lie solidement à une branche droite, attelle de fortune.

Tendrement, il enveloppe son petit frère dans la couverture pleine d'accrocs, puis il dépose sur une roche, à l'abri, la fameuse boîte noire pour laquelle Luc s'est donné tant de mal.

— Nous reviendrons la chercher.

Hissant son frère sur ses épaules, Paul met en pratique les méthodes de secourisme apprises aux cours et cherche la façon la plus confortable pour transporter le blessé. Un moment, il songe à remettre leurs masques, mais il y renonce. Puisqu'ils ont découvert l'Air Libre, autant lui faire confiance.

Lentement, évitant la moindre secousse à son précieux fardeau, le sauveteur reprend le sentier et se dirige vers Laurania. Il se demande comment il y sera reçu. L'amitié d'une petite fille saura-t-elle vaincre les superstitions d'un peuple rustique? Acceptera-t-on les enfants de sous-la-terre?

L'aube naissante teinte le ciel de rose. Dans une splendeur de couleurs, le soleil se lève devant son regard incrédule. Paul traverse maintenant des champs cultivés.

Il a l'impression de porter l'univers entier, tant sa fatigue est grande. Enfin, il aperçoit la haute palissade de troncs d'arbres et de pierres grises derrière laquelle se cache le village. La fumée s'élève des cheminées. Des chiens aboient. Les oiseaux chantent dans les arbres verdoyants.

Afin de reposer son dos courbaturé et pour mieux étudier la situation, Paul dépose avec précaution le petit blessé sur le bord du sentier.

Luc ouvre les yeux et un sourire éclaire sa figure pâle. Paul lui glisse entre les dents une capsule hydratante et en prend une pour lui-même.

Son frère ferme les yeux et semble se concentrer. Ses lèvres remuent en silence. «Il délire», pense Paul, essuyant avec compassion le front souillé de sang et de vase.

— Paul, je viens de parler à Agatha. Je lui ai dit que nous arrivions. Mais je ne crois pas qu'elle m'ait compris. Ses idées sont pleines de monstres et de cauchemars. Elle doit être très malade.

Cette fois, Paul en est sûr, son petit frère a perdu la tête.

Il se relève et se prépare à le soulever dans ses bras, lorsqu'au détour du sentier surgit la pire menace auquelle les deux frères aient eu à faire face jusqu'à présent. Paul n'a plus son piolet. Fébrilement il cherche une arme autour de lui et ramasse un bâton. Campé devant son frère, lui faisant un rempart de son corps, le héros attend de pied ferme le nouvel adversaire, résolu à vendre chèrement leur vie et à lutter jusqu'à la mort.

15

Laurania

Dans un nuage de poussière, trois animaux gigantesques foncent sur eux, fendant l'air de coups de leurs cornes aiguës. Des mugissements menaçants leur échappent, et la terre tremble sous leurs sabots.

L'adolescent croit sa dernière heure venue. La première des bêtes avance droit sur lui et il a le temps de voir son pelage blanc largement tacheté de noir.

Il brandit résolument son bâton et, à sa grande surprise, l'animal fait un crochet et passe à côté de lui sans lui faire de mal. «Je lui ai fait peur», jubile Paul, qui se sent toutes les audaces après cette victoire facile.

— Hou, jette-t-il bravement à la face des deux autres bêtes. Nerveusement, elles détalent sans en entendre davantage.

— Il suffisait de les regarder dans les yeux. Ce doit être des buffles sauvages, comme on en combattait dans les arènes de Rome. — Il regrette presque de ne pas avoir les spectateurs enthousiastes du Colisée pour applaudir à ses exploits.

A ce moment, le reste du troupeau surgit et Paul, tout de suite agressif, constate avec stupeur que les énormes bêtes sont menées rondement par un minuscule gamin à la voix de crécelle qui leur pique les flancs avec une branche. Les bovins dociles filent, la queue basse, devant leur berger autoritaire.

Celui-ci salue joyeusement les deux garçons comme si leur présence déguenillée était un spectacle familier.

Assez déconfit, le brave combattant reprend son fardeau et se dirige vers le village fortifié, se demandant quel accueil on leur réservera.

A leur approche, la grande porte s'ouvre et un groupe vient à leur rencontre. Il est dirigé par un vieillard imposant dont les cheveux flottants et la barbe blanche encadrent une figure austère.

Les femmes et les hommes, uniformément vêtus de longues tuniques de bure, sont armés de lances et d'arcs rustiques. Tous ont les cheveux longs et cette profusion capillaire paraît ridicule et superflue au Surréalais.

L'audace semble lui réussir à l'Air Libre. La tête haute, Paul, portant son petit frère, va calmement vers cette multitude dont il ne peut deviner les intentions.

On l'entoure. Un géant blond lui enlève Luc des bras, une femme soulève doucement la tête du petit garçon et une autre lui fait boire un liquide blanc qu'il avale sans méfiance. Paul, rassuré sur le sort de son frère, se tourne vers le vieillard qui lui serre les deux mains avec émotion pendant que des larmes coulent sur ses joues.

— *Welcome. Welcome, my child.*

A sa grande stupeur, le Surréalais s'aperçoit qu'il comprend à peu près leur langage, variation d'une langue morte étudiée au cours de préhistoire.

Dans un anglais hésitant, il répond à cette bienvenue et l'enthousiasme de la foule éclate. Ces gens simples ouvrent leurs cœurs aux représentants d'une race nouvelle, prêts à les accueillir fraternellement. On se presse autour d'eux touchant les vêtements en lambeaux, examinant les sandales de plastique maculées de boue. Puis on les entraîne vers le village.

Toute sa vie, Paul n'oubliera sa première impression de Laurania: ces cabanes rustiques baignées de soleil, la petite église de bois rond, le puits au centre de la place et la haute palissade qui protège cette vie de lumière.

Des odeurs étranges le surprennent: cuisson des aliments sur des feux de braises, herbes aromatisées jetées dans les flammes pour combattre la maladie.

A ce moment, Luc appelle de la paillasse où on l'a déposé:

— Je voudrais voir Agatha.

On se tourne vers lui et les quelques télépathes du groupe traduisent sa requête. Le géant blond prend la parole:

— Ma fille est très malade. Quand elle nous a dit que vous annonciez votre visite, nous avons cru que le démon de la maladie la faisait déraisonner.

— Puis-je la voir?

— La mort laide attaque tous ceux qui s'approchent de ses victimes.

— Je suis immunisé. Paul, dis-leur que je peux la voir.

— Elle ne reconnaît plus personne. Elle a dit que vous étiez son ange gardien et que vous veniez nous sauver tous. Ma femme, mon fils, elle! La mort laide me les aura tous pris. Tous. — L'homme cache sa figure dans ses mains.

Rappelé à la réalité, Paul explique au patriarche les effets extraordinaires du rayon Upsilon qui détruit les microbes instantanément. Aussitôt, un groupe de volontaires part sur ses instructions pour chercher la précieuse boîte abandonnée dans la forêt.

Quatre heures plus tard, les villageois se réunissent dans l'église pour remercier Dieu de l'incroyable miracle. La mort laide est vaincue.

Le premier, le père d'Agatha a osé s'approcher de la machine bourdonnante tenant dans ses bras sa fillette brûlante de fièvre. Baignée dans le rayon blanc, la petite fille s'est transfigurée devant eux. Sa fièvre a disparu en quelques secondes. Son pouls est redevenu normal. Elle a ouvert les yeux et demandé à manger.

Pour son frère, la guérison est encore plus spectaculaire, car il était dans le coma et son corps couvert de plaies s'est cicatrisé sous les yeux incrédules.

— Les cicatrices elles-mêmes disparaîtront avec

les rayons régénérateurs, explique Paul.

Tout le village, les mourants, les malades et les bien-portants ont défilé à tour de rôle. Les plus frappés resteront faibles pendant quelques jours, mais plus personne ne mourra de la «mort laide» et les cloches joyeuses le clament à tous les échos.

Assis à la place d'honneur de la chapelle, devant l'autel où brûlent les cierges, Paul écoute monter le chant d'action de grâce et réfléchit à ce rayon, découverte géniale, couronnement de siècles de recherches patientes. Son peuple, privé des distractions de la nature, a dû se tourner vers les réalisations techniques et intellectuelles. Mais même une invention comme celle-ci vaut-elle le prix de générations élevées sous les profondeurs de la terre, dans l'ignorance de l'air libre et de ses merveilles?

Paul, invité à partager le repas frugal des Lauraniens, n'a jamais contemplé pareil festin. Il goûte à tout, mais en si infimes portions qu'on le taquine sur sa modération. Il craint les conséquences de la gourmandise sur un système habitué aux concentrés nutritifs.

Discrètement, il avale le repas-pilule apporté de la demeure. Il sera toujours temps d'apprendre à manger. Un mets cependant le séduit du premier coup, c'est le sirop d'érable. Il repense à la préférence de son camarade Bernard pour cette essence et trouve les carrés du service de diététique une bien pâle imitation de la réalité.

Longuement, il parle avec le patriarche, chacun retraçant l'histoire de son peuple plus complètement que n'avaient su le faire Agatha et Luc.

— D'où vient le nom de Surréal que porte votre Cité?

— C'est plutôt l'évolution d'un nom. Les fondateurs l'appelèrent «sous le Mont-Royal» qui devint Sous-Réal, puis Surréal. Notre Cité s'appelle actuellement Surréal 3000.

— Pourquoi ce nombre?

— Parce que nous avons continué le calendrier commencé dans la préhistoire. Nous sommes rendus au 30ᵉ siècle, dans les années 3000.

— Le monde est donc si vieux? Je vous envie de connaître l'histoire de votre origine. Pour nous, tout a recommencé avec quelques survivants, pour la plupart des enfants. C'est pourquoi toute la civilisation passée a été perdue. Il a fallu reprendre la lutte contre la nature. Il ne reste rien des sciences et tout ce que l'histoire nous a laissé, c'est une aversion de la guerre et la résolution de ne plus jamais s'y exposer. Nous ne savons même pas d'où nous vient le nom de notre village: Laurania.

— N'est-ce pas à cause du fleuve Saint-Laurent?

— Alors ce serait le nom de la Grande Rivière? Et la montagne serait le Mont-Royal? Sans les avoir jamais vues, vous nous apprenez sur notre pays des choses que nous ignorons. Vous avez même conservé notre langage?

— Votre idiome est une évolution d'une langue mor... ancienne que nous étudions en préhistoire.

— Et notre religion, la pratiquez-vous aussi?

— Je crains bien que de ce côté ce soit nous qui ayons rétrogradé. Notre culte a été tellement simplifié que, de toutes les croyances de nos ancêtres, il ne nous est resté que la notion d'un Premier Moteur, source de vie. Et encore, avec les siècles, nous l'avons transposé pour prêter à une machine des pouvoirs surnaturels.

— Vous ne croyez plus à Dieu?

— Nous avons surtout oublié qu'il existe. C'est bien difficile d'imaginer un créateur quand tout ce qui nous entoure est créé par les hommes. La vue de la nature va tout remettre en question pour les Surréalais.

— Nous vous aiderons. La religion est le centre de notre vie à Laurania.

— Et la télépathie que plusieurs possèdent dans votre tribu, comment l'expliquez-vous?

— Nous croyons qu'elle est le résultat de mutations à la suite des radiations. Elle semble héréditaire. C'est une science étrange dont nous ne savons pas encore bien tirer parti. En fait, les télépathes ne se vantent pas de leur particularité et s'efforcent plutôt de nous la faire oublier.

— Ça me paraît une faculté très utile, si j'en juge par la réception que vous nous avez faite, grâce aux avertissements d'Agatha.

— Oh, cette enfant est unique. Elle semble douée d'une forme de communication beaucoup plus puissante que toutes les autres. Elle reçoit et émet des pensées à des distances considérables.

— En effet. Il semble que ce soit elle qui ait attiré Luc jusqu'à l'Air Libre.

— Votre frère est le seul télépathe que vous ayez à Surréal?

— Je le crois. Et je me demande bien d'où cela lui vient. Peut-être est-ce à force de vivre près des rayons de papa. En voilà un qui va se plonger dans l'étude de ce phénomène.

— Nous aurons besoin de lui. Nous avons tant de choses à apprendre, mon enfant.

— Et vous en avez tellement à nous enseigner, qui sont pour vous simples et naturelles.

L'après-midi, le patriarche charge un groupe de jeunes de la tribu d'amener Paul en promenade. La bande bruyante longe le fleuve d'où émergent encore les poutres tordues et noircies d'un pont préhistorique.

A l'intérieur des terres, vers l'est, on lui fait visiter les ruines. Parmi tous ses cicérones, il préfère vite une jeune fille aux nattes blondes, plus subtile que les autres et qu'il soupçonne bien un peu d'être télépathe.

Ensemble, ils parcourent les avenues bordées de monceaux de pierres qui avaient dû autrefois être le cœur d'une grande ville. La végétation a tout envahi. Les Lauraniens ont pris les matériaux récupérables pour construire le village.

Son joli guide lui montre les fondations en forme de croix d'un édifice qui avait dû être immense, car des montagnes de décombres entourent une excavation très profonde.

— Il faudra faire des fouilles archéologiques là-dedans. Nous avons encore des cartes de la ville préhistorique de Montréal. Il serait intéressant de retracer les rues et les édifices. Ça constituerait un cours fascinant d'histoire ancienne.

Cependant, l'histoire actuelle paraissait assez fasciner sa nouvelle amie. Elle n'en finissait pas de questionner Paul. Cette attention lui aurait monté à la tête si la blonde enfant n'avait pas à réprimer un fou rire chaque fois que son regard se posait sur le crâne chauve de l'adolescent.

— C'est stupide, rage Paul. Elle est anormale avec cette toison et c'est moi qui me sens ridicule.

Il doit pourtant admettre que, lorsqu'on s'y est habitué, cette masse de cheveux blonds complète bien un visage ravissant.

Le soir même, le jeune homme retourne à Surréal, joyeusement escorté. Il laisse Luc, engourdi par des tisanes de plantes médicinales, sous les soins d'Agatha, n'osant lui imposer les fatigues d'un nouveau transport et promettant de revenir le lendemain avec son père, les rayons régénérateurs et son appareil photographique.

16

Eric à la rescousse

Depuis une heure, un silence écrasant régnait à la Centrale. Presque tous les ingénieurs étaient retournés chez eux, la mort dans l'âme.

Seuls, Georges 6 B 12, sa femme, l'ingénieur en Chef, le médecin et quelques techniciens commençaient près du haut-parleur leur veille funéraire, ne pouvant se résoudre à abandonner ce dernier lien qui les unissait encore à Bernard.

— Et s'il n'était pas mort? La voix de madame 6 B 12 les fit sursauter. Et s'il vivait encore, là-bas, dans le conduit? Il ne peut peut-être pas parler.

— Impossible, dit le médecin. Mes appareils n'enregistrent aucun battement de cœur, aucune pression.

Rien ne peut ébranler la mère. «Sa combinaison a peut-être été arrachée ou les instruments brisés».

C'est un fol espoir, mais le Chef, homme d'action, s'y accroche.

-- Eh! Radio, tourne la réception au plus fort. Et place un amplificateur de son devant le micro.

Pendant quelques secondes, le crépitement des ondes emplit la pièce. Puis un autre bruit s'y mêle, à peine perceptible, intermittent.

— Il respire. Je l'entends respirer. Folle de joie, la maman se jette au cou de son mari.

— C'est bien une respiration en effet, constate le médecin. Très faible, très lente, mais régulière.

— Alors, il faut aller le chercher immédiatement.

Le père y est bien résolu, dut-il démolir le conduit pouce par pouce.

Le Chef bondit sur son visaphone et jette des ordres dans toutes les directions, pendant que dans le micro la mère de Bernard murmure des paroles rassurantes, au cas où son petit garçon l'entendrait.

Les ingénieurs rappelés de tous les coins de la Cité reviennent à la hâte. L'expédition de secours s'organise fébrilement.

— Qui ira le chercher? demande le Chef.

— J'irai, déclare aussitôt madame 6 B 12. Je ne suis pas tellement grosse. Je passerai dans les conduits.

— Dans les conduits, peut-être, quoique j'en doute. Mais jamais dans le tunnel des *Autres.* Bernard y tenait à peine.

— Alors, envoyons un enfant.

— Lequel? Qui osera s'aventurer là après ce qui est arrivé?

— Nous ne pouvons risquer un autre accident. S'il est pris de panique en route, nous ne pourrons jamais le sortir de là.

— Moi, dit la mère, je connais un enfant qui irait chercher Bernard. Un petit garçon courageux et fort qui risquerait volontier sa vie pour son frère.

— Eric! s'exclame Georges 6 B 12. Tu crois qu'Eric pourrait?

— Il n'est pas aussi agile que Bernard, mais il nage et plonge si bien. C'est la timidité qui le rend gauche. Et il ferait n'importe quoi pour son frère.

Le père réfléchit:

— Nous le guiderons par radio comme nous avons guidé Bernard. Ça le rassurera. Et l'idée qu'il va sauver son frère l'aidera à dominer sa peur.

— Allez chercher Eric, ordonne le Chef à ses subordonnés.

— Il doit dormir dans son cube-de-nuit à cette heure-ci, supposent les parents confiants.

Eric dort en effet, mais pas dans son lit. En boule sur un siège dur de l'express, le petit garçon rêve aux anges, inconscient des drames qui se jouent autour et au-dessus de lui.

Il a été emprisonné par le coupe-jour, dans un terminus très loin au nord, alors qu'il revenait à sa demeure après avoir escorté Paul. Impossible d'accomplir ce long trajet à pied dans les rues désertes, sous la lueur faible des veilleuses. Philosophe, il s'est installé pour la nuit, espérant que ses parents ne seraient pas trop inquiets.

Ils le furent cependant. L'alerte fut donnée quand on trouva le lit vide, la demeure déserte.

Des chercheurs parcoururent la Cité en tout sens. Les haut-parleurs appelèrent à la ronde. En désespoir de cause, on rétablit les circuits électriques pour faciliter les recherches. Eric, se croyant rendu au matin, trouvait la nuit bien courte lorsque l'express le déposa à son arrêt.

Encore tout endormi, il ne remarqua pas les exhortations des haut-parleurs qu'il n'écoutait jamais de toute façon. Il pénétra dans sa demeure pour tomber dans les bras de son père affolé. Et il n'était pas encore complètement réveillé quand il se retrouva à la Centrale, serré dans les bras de sa mère et le point de mire d'un tas de gens agités qui lui expliquaient tous ensemble des choses auxquelles il ne comprenait rien.

Douché d'eau froide, réveillé par une piqûre stimulante, rassuré par la présence de sa mère, Eric apprend finalement ce qu'on attend de lui.

Sans une seconde d'hésitation, il accepte la mission dangereuse. Son cœur se gonfle de joie à la pensée qu'il va aider à son tour son frère aîné qui le protège et le gâte depuis toujours.

Très intelligent, le petit garçon comprend vite les instructions qu'on lui donne. A tour de rôle, des hommes viennent développer des points particuliers à leur spécialité.

La combinaison isolante, le radar, le masque-radio, le bracelet-détecteur, les échelles de corde lui sont expliqués.

Le médecin le charge d'une trousse de secours réduite, mais complète. Les secouristes spéléologues lui enseignent la façon d'employer le sac-civière et comment en fixer les courroies et les câbles pour ne pas étouffer le blessé dans les couloirs verticaux.

Un mécanicien a rapidement adapté pour lui un treuil minuscule, actionné par une pile, à l'aide duquel il hissera Bernard, trop lourd pour qu'il puisse le monter lui-même, dans les dénivellements. Un ingénieur minier lui dit comment procéder pour se frayer un chemin dans le tunnel s'il est obstrué par l'éboulis.

Un spéléologue le met en garde contre la sensation de panique causée par l'étroitesse et la longueur des conduits. «Il faut t'arrêter, assagir ta respiration et raisonner calmement. Tu as de l'air frais pour vingt heures. Ça n'en prendra pas deux pour parvenir jusqu'à Bernard.» On lui explique aussi comment renouveler la provision d'air de son frère. Il apporte un masque de secours et des capsules hydratantes.

Avant de partir, Eric s'approche du haut-parleur qui émet toujours par l'amplificateur la respiration laborieuse du blessé.

Sans se douter qu'il répète textuellement les paroles de son héros Paul, le petit garçon parle dans le micro:

— Bernard. Je viens te chercher. N'aie pas peur. J'arrive.

Il embrasse sa mère et dans un geste qui lui est familier, il saute au cou de son père qui le soulève jusqu'à l'orifice du conduit n° 5 où il disparaît aussitôt, traînant lui aussi un saucisson de voyage.

Suivie au micro, la première partie de l'opération sauvetage s'exécute sans anicroches. Eric, après quelques minutes de pratique, trouve la façon la plus rapide d'avancer dans les tuyaux en remorquant sa charge. Les conduits verticaux lui présentent bien quelques difficultés mais, stimulé par la pensée de son frère qui l'attend, le petit garçon s'en tire assez bien.

Parvenu au fameux tunnel, il annonce à ses auditeurs anxieux que l'éboulis n'en a pas atteint la première partie.

Plus péniblement, il se fraye un chemin sur le sol de roc inégal.

— Il commence à y avoir plus de pierres détachées. J'avance avec difficulté. Je crois que je vais faire un ménage ici.

Suivant les instructions de l'ingénieur-minier, il glisse péniblement quelques grosses roches dans le sac-civière qu'il a déroulé. Puis à l'aide du treuil, installé à l'orifice de la galerie au moyen du fameux système de vis à bout caoutchouté, il tire cette charge jusqu'au conduit où il roule les pierres hors de portée.

Trois fois, il doit répéter cette opération de déblayage, mais elle le familiarise avec l'emploi de ses outils et les ingénieurs s'en félicitent.

Enfin, le cri tant attendu retentit: «Je le vois. J'ai trouvé Bernard».

A ce moment, le médecin prend charge de l'opération et, comme son frère avant lui, Eric est heureux de n'être qu'une machine à exécuter les ordres.

Le petit garçon ne voit aucune blessure évidente à part une entaille au front.

— Sa combinaison est déchirée, il n'a plus de casque. Il semble évanoui. La voûte s'est écroulée sur ses jambes, mais je pense que je pourrai le libérer avec le treuil.

Après une séance de premiers soins, sous les ordres du spécialiste, Eric entreprend son sauvetage. et, lentement, employant la traction de son treuil avec l'adresse d'un vieux manœuvre, aplanissant le trajet avec le sac-civière, le sauveteur, après une heure de travail forcené, peut enfin le glisser jusqu'au conduit.

Epuisé, il prend quelques moments de repos, avale une pilule repas, croque une capsule hydratante, puis il replace la plaque de métal qui bloque le tunnel des *Autres* et le fixe avec le matériel fourni par la Centrale.

Courageusement, il entreprend le trajet du retour. Solidement ficelé dans le sac-civière, le blessé deviendra à son tour un «saucisson de voyage» bien lourd et bien précieux.

Après de nombreuses émotions aux dénivellements et bien des arrêts pour refaire ses forces, Eric a enfin la joie de remettre entre les bras de sa mère son grand frère revenu des enfers.

Bernard est paralysé et il faudra de longs mois pour le guérir, mais il vivra et, avec lui, Surréal.

17

Sur les ondes
du Grand Réseau

— Voici maintenant le programme le plus important de la semaine, le plus suivi par tous les auditeurs de Surréal: «Ecoutons nos grands orateurs.» La conférence d'aujourd'hui vous sera présentée par un jeune au talent prometteur, le fils de l'inventeur des rayons Upsilon et le gagnant de notre fameux concours oratoire, Paul 15 P 9. A toi Paul.

— Excellences du Grand Conseil qui m'écoutez, je le sais, c'est à vous que je m'adresse. J'ai perdu mes privilèges de Citoyen de Premier Ordre, je suis déclaré hors-la-loi. Mais je vous demande une heure de grâce. La cause que j'ai à plaider n'est pas la mienne, mais celle de tout un peuple en danger, celle de Surréal. Je crois pouvoir parer la menace de ceux que nous nous refusons encore à appeler nos ennemis. Vous seul pouvez m'autoriser à continuer cette audio-vision. J'attends votre décision que j'accepterai avec une respectueuse soumission. Dans l'intervalle, voici quelques photos que j'ai prises pour vous, hier.

Au Grand Conseil, les sages se consultent.

— C'est typiquement son père. Plonger et ensuite demander la permission.

— Quelle audace tout de même! «Respectueuse soumission.» Il mérite l'incarcération solitaire.

— Très mauvais pour l'autorité, cette provocation.

— Très mauvais aussi de jouer les bourreaux.

— Surtout aujourd'hui où les enfants sont à l'honneur grâce aux petits 6 B 12.

— Nous le laissons parler? Il sera toujours temps de sévir.

— Je le connais. C'est un garçon très sérieux. Il ne dira rien de tendancieux.

— Bien. Signalez au Réseau de continuer l'émission.

— Mais, regardez donc mes amis, ce qu'il nous montre à l'écran...

— Incroyable... Inouï... extraordinaire...

Devant les regards émerveillés de Surréal, une série de photos projettent sur l'écran leur féerie de couleurs.

Sur un coin de ciel bleu, un arbre découpe la dentelle de ses feuilles; des fleurs rouges éclaboussent de leurs pétales écarlates une prairie verte; un oiseau blanc, ailes déployées, plane au-dessus des flots étincelants. Et enfin, une montagne lointaine découpe dans un ciel semé de nuages moelleux sa silhouette orgueilleuse.

Le Chef du Réseau, épouvanté de l'audace de ce hors-la-loi qui compromet l'honneur de son poste, tord ses mains présidentielles. Un message au visaphone le rassure et c'est avec un sourire pincé qu'il communique par un signe affirmatif le sursis du Grand Conseil.

Le visage de Paul remplace à l'écran les visions d'un autre monde.

«Merci Excellences. Citoyens de Surréal, nous nous croyions seuls dans l'univers entier, seuls survivants de la Grande Destruction.

Voilà qu'un peuple se découvre à nous dont les intentions sont fratricides.

Et moi je vous dis qu'il y a au-dessus de nous, à l'Air Libre, un autre peuple dont les hommes nous appellent leurs frères.

Pendant deux jours, mon père, mon frère et moi avons vécu parmi ces gens, à l'Air Libre, sous le soleil et dans la nature, et nous vous apportons leur message d'amitié et de bienvenue.»

Très simplement, le jeune orateur raconte la découverte de Luc, l'amitié d'Agatha, l'opération Upsilon, sa première impression de Laurania et la visite qu'y a faite le docteur 15 P 9.

«Après tous les examens et les recherches effectués par mon père, il est maintenant prouvé que l'Air Libre est pur, que les radiations fatales sont complètement disparues. La nature a reconstruit sur les ruines des hommes et le monde entier nous appartient, plus beau d'avoir été si longtemps caché à nos yeux.

Il faudra vaincre la peur millénaire de nos ancêtres pour l'Air Libre. Ce sera une longue réadaptation. Je suis sûr que les savants soulèveront des quantités d'objections auxquelles je ne pense pas actuellement car je suis encore enivré par le souvenir de ces heures inoubliables passées à Laurania.

Nous savons maintenant que, quoi qu'il arrive, nous ne serons pas emprisonnés sous terre, sans air et sans lumière. Cela nous donnera, il me semble, plus d'objectivité pour faire face aux problèmes de nos agresseurs souterriens.

On m'a dit que mon ami Bernard avait laissé à leur intention un message de Paix. Peut-être à l'heure actuelle en ont-ils pris connaissance.

Les techniciens en radio travaillent jour et nuit pour rejoindre par les ondes ce peuple mystérieux. Bientôt il sera possible de communiquer avec eux. Nous pourrons peut-être les aider, nous pourrons certainement leur offrir un précieux gage d'amitié, l'Air Libre.

Les difficultés techniques les obligent à puiser chez nous le courant électrique qui leur manque. La possibilité, pour eux comme pour nous, de jouir des avantages de deux civilisations, sur et sous la terre, changera probablement l'aspect du problème. Et en respectant notre idéal de paix, nous vaincrons nos ennemis sans leur faire la guerre.

Pour vous faire apprécier les beautés de la nature, quel meilleur avocat que la nature elle-même? La voici comme elle s'est montrée à moi pendant vingt-quatre heures inoubliables.

Voici le jour et voici la nuit de la terre, voici le soleil et la lune et la forêt et le fleuve sortis de la préhistoire. Regardons-les bien, car ils sont plus beaux pour nous que pour tous les ancêtres qui ne savaient plus les voir et plus beaux qu'ils ne seront jamais pour nos enfants dont l'accoutumance déjà voilera les yeux. Nous sommes les privilégiés. Aujourd'hui, nous découvrons le monde et les hommes sont nos frères.

Citoyens de Surréal, je vous présente l'Univers.»

Les photos se succèdent, provoquant dans les cœurs la nostalgie de l'Air Libre.

Sur les instructions du Conseil, l'émission se prolonge pendant que le jeune conférencier décrit en détail à son public avide tout ce qu'il a vu, senti, goûté et éprouvé pendant son séjour sur la terre.

Il présente Laurania et ses habitants, le patriarche, Agatha et son frère et une jolie fille blonde qui semble faire partie de tous les paysages.

Crime impardonnable, fait sans précédent, le programme déborde de son cadre et empiète sérieusement sur «L'heure du Concert assonique.»

Le Chef du réseau tord de nouveau ses mains présidentielles. Que faire contre les fantaisies du

Grand Conseil enthousiasmé?

D'ailleurs, aucun musicien de l'orchestre n'est à son poste. Rivés devant leur audiovision, pas un seul d'entre eux n'a encore quitté sa demeure.

18

Le recommencement

Bernard, étendu dans son cube-de-nuit, entouré de sa famille, boit à petites gorgées un verre de sirop d'érable. Son chef de quart lui en a offert une cruche pleine, oubliant seulement qu'à Surréal il n'y a pas d'assiette ni de cuillère.

— Il a toujours eu la langue bien pendue, ce gars-là. Vous avez vu comme il a retourné le Grand Conseil?

— Ça lui nuit autant que ça l'aide, parodie inconsciemment Eric. Maintenant, ça lui donne beaucoup d'ouvrage.

— Evidemment, explorer et photographier toute la journée et le commenter une heure chaque soir, ça doit fatiguer le cerveau.

— Je ne le croirais pas, remarque leur père. Il n'a pas l'air seul pour faire son travail. Je crois qu'il a une... assistante.

— La belle blonde? J'aimerais bien la voir au naturel, celle-là. Sans cheveux, je veux dire.

— Maman, demande Eric, crois-tu que nous pourrons faire une excursion à l'Air Libre, nous aussi?

— Certainement. Cela devrait être très bon pour Bernard. Il fera ses exercices de réhabilitation au soleil.

— Et papa, est-ce que nous nagerons bientôt dans la Grande Rivière, je veux dire le fleuve Saint-Laurent? J'aimerais plonger des ruines du pont préhistorique.

— Je ne vois pas pourquoi pas. L'eau en est très pure et très claire. Nous irons demain, si vous voulez.

L'ingénieur en chef, impétueux comme toujours, demande à son assistant:

— Y croyez-vous, à cette histoire de lancer une corde à l'eau pour en retirer un poisson? Ça me paraît être un drôle de sport.

— Avant la Destruction, les ancêtres le pratiquaient beaucoup.

— Il faudra que j'essaie cela. Le grand blond, le père de la petite rousse, a dit à Paul qu'il m'amènera dans son bateau. Je ne vois pas quel plaisir on peut en retirer. Assis sans bouger, en silence pendant des heures, à tenir un bâton. Enfin on verra bien.

— Ha, ha, ha!

— Pourquoi riez-vous comme un imbécile?

— Le premier pêcheur de Surréal... le premier poisson de Surréal... les congés du Chef... un passionné de la pêche... je vois ça d'ici!

Les membres du Grand Conseil, après une rencontre avec le patriarche:

— Quelle dignité!

— Quelle majesté!

— Cela est attribuable en grande partie à sa chevelure et à sa barbe blanche.

— Vous croyez, cher ami?

— Sans aucun doute. Cela le distingue de la multitude.

— Je me demande si le Docteur 15 P 9 ne trouverait pas un moyen... Il frotte pensivement son crâne chauve.

Le Docteur 15 P 9 pose sa main sur la tête nue de son cadet.

— Dis donc, Luc, comment aimerais-tu avoir des cheveux comme ton amie Agatha?

— Tu crois que tu pourrais, papa?

— Cela va s'imposer bientôt, si nous ne voulons pas déplorer trop de cas d'insolation. Et cela te protégera des maringouins lors de nos campements dans la forêt. D'ailleurs, les services de diététique m'ont déjà demandé de produire des hormones synthétiques...

— Paul, de quoi parleras-tu à ton peuple ce soir?

— Des ruines de Montréal que nous avons visitées ensemble, de mes fouilles archéologiques, des reliques que j'en ai rapportées. Tiens cette bouteille verte dans ta main, je veux te photographier. Tu comprends, il me faut un être humain pour donner de la vie au décor... et tes cheveux blonds sont si jolis...

FIN

TABLE

Achevé d'imprimer en mars 2000 sur les presses de
Payette & Simms inc. à Saint-Lambert (Québec)